勘違い魔女は討伐騎士に愛される。

登場人物紹介
▲ヴァルフェン
蒼《あお》の士隊《したい》の騎士。
豪快で曲がったことが
嫌いな青年。
エレニーに一目惚れし、
彼女を危機から救い出す。
▲エレニー
魔女一族の生き残り。
薬草園を営みひっそりと
暮らしていた薬草オタク。
しっかり者だが、
世俗に疎いところも。

▲シグリーズ
エレニーと同じ魔女一族の生き残りだが、生死も定かではなく……？
▲ダリアス
ヴァルフェンの友人であるプロシュベール公爵家当主。非常にデキる美青年。
▲ロータス
王命を受けてエレニーを狙う宵《よい》の士隊《したい》の騎士。
▲キルシュ
エレニーが住んでいた領地の領主の息子。何かとエレニーへ嫌がらせをしてくる。
▲レティシア
男爵家の令嬢で、ひょんなことからエレニー達に手を貸すことに。

第一章　勘違い魔女は討伐騎士に攫《さら》われる。

――景色が流れる。

生《お》い茂《しげ》る葉の隙間から差し込む光が周囲を照らす中、碧《あお》い樹木が凄《すさ》まじい速度で視界を通り抜けていく。

「ちょっとっ‼　放しなさいよおおおーーーっ！！！」

私はその光景を目の端に捉えながら、腹にぐっと力を込めて叫ぶ。

そうでなくとも腕を回された腹部が圧迫されて息苦しいのだ。激しい揺れも加わって、呼吸がしづらいったらない。

「黙ってろ！　舌噛むぞ！」

「なっ……っ⁉　きゃあああっ⁉」

訴えに返されたのは低く鋭い声だった。しかも声の主が大きく飛び上がったせいで、彼に抱えられた私の身体は一瞬浮かび、次いで腹部にどっと衝撃を受けた。身に纏《まと》ったローブが、風に翻《ひるがえ》る。

い、いい加減に！　しなさいよっっー！！！

そう怒鳴りたいのを堪《こら》えて、落ちるのを防《ふせ》ぐため彼の身体にしがみ付く。地面に下ろしてほしいが、振り落とされたいわけではない。何しろ私は今、大柄な男に荷物の如《ごと》く担《かつ》がれているのだ。その担《かつ》ぎ手が森の獣道《けものみち》を全力疾走しているのだから、身に受ける振動と衝撃たるや凄《すさ》まじい。癪《しゃく》だけど、ここは言われた通り口を閉ざしているのが正解なんだろう。けれど文句の一つも言えないのは、腹立たしいことこの上ない。

暴れて逃げ出そうにも、腰をしっかり掴まれていて、びくともしないし。

傍《はた》から見れば、私はさながら人攫《さら》いに連れ去られ、これから売られる村娘だろう。まあ、状況は似たようなものだが。

少し違うのは、その『人攫《さら》い』が王国騎士の装束を身に纏《まと》っているというところか。私がしがみ付いている引き締まった広い背中は、白地に蒼《あお》の差し色が入った隊服に包まれていた。これは、西の王国イゼルマール、蒼《あお》の士隊に属する騎士の制服である。

イゼルマールが擁《よう》する軍は『士隊』と呼ばれ、紅《あか》、蒼《あお》、碧《みどり》、宵《よい》の四つの色名で隊が分けられているのだそうだ。

それにしても、どうにかなんないの、この体勢……

先程より冷静になった頭で、握り締めた白い隊服の背を睨《にら》む。今年で二十二歳を迎え、世間一般では嫁き遅《い》れと言われる私でも、お尻を異性に触れられた状態で運ばれるのはさすがにきつい。

もう限界よ……！　この際、振り落とされてもいいから暴れようか……！

いや、でもこの速さと高さで落ちたら、それこそひとたまりもない……っていうかこの男、本当に人間なのっ……？

ざざざ、と目にも留まらぬ速さで流れていく緑の風景を改めて見ながら、私を軽々と肩に担《かつ》いで走り続ける男に驚愕《きょうがく》の思いを抱く。

だって、かれこれ一刻以上は走ってるのよ。いくら騎士だと言ったって、普通、人間一人担《かつ》いでこうも走れるものかしら？

その上、男の足取りに疲労の気配はない。

無理矢理首を捻《ひね》って横を向けば、淡く輝く銀髪が見えた。体勢的に後頭部しか見えないが、ハリエンジュの棘《とげ》を思わせる逆立った髪が、戦う者らしい荒々しさを感じさせる。色は銀よりも――鋼《はがね》に近い。

この男の腰元にある剣の刃《やいば》と同じ色。

つい先刻私の首に突き付けられていたその剣は、今は鞘《さや》に収められ、走る動きに合わせてガチャガチャと硬質な音を響かせている。

……あの時は本当に殺されると思ったわ。

首筋に当てられた冷たい金属の感触を思い出す。私に刃《やいば》を突き付け、魔女かと冷ややかに問うた彼の声は、未《いま》だ鼓膜《こまく》にこびりついていた。

あの瞬間、私は死を覚悟した。

なのに今、その当人に担《かつ》がれ運ばれているのは一体、どういうことなのか。せっかく平穏な田舎《いなか》暮らしを満喫《まんきつ》していたというのに。

それを聞くためにも……もう、そろそろいいわよね。

私はそう判断し、道が緩《ゆる》やかになったのを見計《はか》らって、大きく息を吸い込んだ。ありったけの声量で言葉をぶつけるために。

「いつまで人を荷物扱いするつもりよ！　下ろしてよ！　この変態っ！」

苦情を叫べば、私の腰を抱えた腕が、ぴくりと動いた。

「……変態って。あのなぁ、仮にも命の恩人に向かって、それはないだろ。それは」

げんなりした声音が聞こえたかと思うと、徐々に走る速度が落ち停止する。

変態かどうかは別として、気を引く目的もあってあえてそういう言い方をしたのだけど、私の選択は正しかったらしい。

それにしても命の恩人って。人に剣を突き付けといて、どの口が言うのよ。

重ねて文句をぶつけてやりたかったけれど、とりあえず下ろせという要望は聞き入れられそうなので、言葉にするのはやめた。

銀髪の騎士は腕の力を緩《ゆる》め、そのままゆっくり肩から私を下ろす。

私が羽織《はお》っているローブの裾が、地面すれすれのところでふわりと揺れた。

……あれ、放り投げられるかと思っていたけど、ちゃんと下ろしてもらえたわ。

丁寧に扱われたことを少々意外に思っていると、銀髪の騎士はさっと周囲を見回し口を開いた。

「これだけ離れたら、大丈夫だろ」

騎士の声が高いところから響く。ほぼ真上に顔を向けると、隊服の差し色に似た蒼《あお》い双眸《そうぼう》が、遥《はる》か上から私を見下ろしていた。

初対面の時も担《かつ》がれていた間も、背が高いとは思っていたが、間近だとかなりの迫力がある。着衣の上からでもわかる鍛《きた》えられた肉体にこの長身となると、ほぼ壁だ。

第一印象で感じた通り、騎士の男はなかなか整った顔立ちをしていた。撥《は》ねた銀髪はざっと斜めに流されていて、開けた額《ひたい》には綺麗な眉が弧を描いている。蒼《あお》く澄んだ眼には鋭さがあり、口の片端を上げた微笑がよく似合っていた。

いや、というか。

なんだか顔、近くない……？　そしてなぜ笑顔？

「ちょっと、何してるの」

「ん？」

大きな身体を折り曲げて、人の顔を覗き込んでくる相手をじろりと睨《にら》む。

が、銀髪の騎士はそんな私の態度をまるで気にしていないような顔をして、興味深そうに蒼《あお》い目を右から左、上から下へと動かしてこちらを眺め回した。

……私は珍獣か。

「貴方《あなた》、なんなの？」

「何がだ？」

いや、聞いているのは私なのだが。なぜ疑問に疑問で返す。

一瞬こめかみに血管が浮き出た気がしたけれど、ぐっと気を静める。

落ち着きましょうか私。相手は騎士よ。下手を打って斬られたりするわけにはいかないんだから。

私は目の前の男を張り倒したい衝動と戦いながら、なんとか声を絞り出した。

「どういうつもりかと聞いているの！　貴方《あなた》は私を、討伐しに来たのでしょうっ⁉」

「ああ……まあ、な」

顔を見上げて再度追及すると、銀髪の騎士は頭をがしがし手で掻《か》きつつ、歯切れの悪い声を漏《も》らした。それから、すっと蒼《あお》い目を眇《すが》め、探るような視線を向けてくる。

何よ、凄《すご》んだって別に恐くなんてないわよ。

負けるものかと見つめ返せば、蒼《あお》い瞳と視線が重なる。しばしじっと睨《にら》み合う格好になったが、突然ふいと逸らされて、私は目を瞬《しばた》いた。

何……今の。思い切り目を逸らされたというより、顔を真横に向けられたわ。これって、私が勝ったってことでいいのかしら。いや、そもそも勝負してたわけじゃないけれど。

不可思議な行動に内心首を傾げつつ、拗《す》ねたみたいにそっぽを向いた銀髪の騎士をさらに見つめる。すると、その目元が仄《ほの》かに赤くなっていることに気付いた。

余計に意味がわからず、じぃぃっと観察していたところ、蒼《あお》い視線だけがちらりと向けられた。そして、薄い唇から小さな、やっと聞き取れるくらいの声が零《こぼ》れる。

「……仕方ないだろ。あんたに惚れたんだから」

——は？

思考が、予想だにしなかった言葉で一瞬飛んだ。

ええと、今……なんて言ったのかしら、この男。

「ほ」と「れ」と「た」の付く言葉を言われた気がしたが、新種の薬草の名か何かだろうか。かろうじて拾った単語を脳内で反芻《はんすう》し、その意味を理解しようと努力する。

が、処理が追いつかない。

ええと。

えええっっと……？

「ちょっと……よくわからなかったから、もう一度言ってくれる？」

額《ひたい》を指先で押さえつつ、平静を装《よそお》って促《うなが》すと、銀髪の騎士はぱっとこちらに向き直り、気を取り直したように爽《さわ》やかな笑みを浮かべた。

どうしてこんな顔を向けられているのかしら、と思ったところで騎士がにっと笑みを深める。

「エレニー＝フォルクロス。あんたに惚れたと言ったんだよ。まあ、一目惚れだな。ってわけで、これからよろしく」

そんなことを言い、蒼《あお》い片目をぱちりと閉じ、軽くウインクなんてしてみせた。

「は……はあああっ⁉」

信じられない台詞《せりふ》を吐いた銀髪の騎士を前にして、私は森の中に叫びを木霊《こだま》させた。

——そもそもどうして、私がこの男に担《かつ》がれ、攫《さら》われることになったのか。

事の起こりは、一刻と少し前に遡《さかのぼ》る。

◇◆◇

「さて、今日はこんなものかしらね」

穏やかな午後の光が野を照らす中、私は丹誠《たんせい》込めて育てた薬草畑の中心で、今日の収穫分を籠《かご》に詰め込んでいた。

全身を包む長いローブの裾が、柔らかな風に揺れてはためく。浮き上がりそうになった頭巾《ずきん》の端を空《あ》いた方の手で掴んで目深《まぶか》に被り直し、周囲を見回した。

うん。今年もよく育ったわー……

淡く色づいた花や瑞々《みずみず》しい緑が一面に広がる光景に達成感を感じながら、深く息を吸い込みゆっくりと吐き出した。実りの季節ならではの、華やかな香りを含んだ空気が、胸に心地いい。

こんな日は、家の軒先《のきさき》でゆっくりと薬草茶でも飲みたいもんねー……。って、ちょっと年寄り臭いかしら。

長閑《のどか》な景色を眺め、ついそんなことを思う。かつて過ごした故郷とよく似た景色に、自然と口元が綻《ほころ》んだ。

故郷である東の王国エルファトラムから、ここイゼルマール王国最北端の村へと移り住んで六年。

その村はずれで、私がこうして一人暮らせているのは、この光景――ここで育つ薬草とそれを原材料とする薬があったからと言っても過言ではない。

移住後、しばらくは自給自足の生活で苦労していたけれど、薬が村で売れるようになってからはかなり住みやすくなった。

村の人達がよそ者である私を特に警戒することなく受け入れてくれたのも、辺境地ならではの長閑《のどか》さ故《ゆえ》だったのだろう。

「えーっと、確か次に作らなきゃいけないのは消毒薬と化膿《かのう》止めと、解熱剤と……そういえば、ミアルさんが腰が痛むって言ってたわね……あの人のことだから、また無理したんでしょうけど」

わさわさと茂《しげ》る畑の畝間《うねま》に腰を下ろし、籠《かご》の中の収穫分と脳内の在庫リストを照らし合わせていく。ついでに見知った顔を思い浮かべながら、追加で必要になりそうな分を予想した。

住処《すみか》としている小屋が村はずれにあるため、村から仕入れの人が来るのは週に一度。今週の分は既に納めており、今は次の分を作り溜めているところだ。

ミアルさんとは私の薬を取り扱ってくれている雑貨屋の店主だが、この時期になると大抵農作業で無理をして腰を痛めているので、湿布剤《しっぷざい》は余分に用意している。

村でも街でも、基本的には王都から仕入れた薬が使われているけれど、私の薬は東の国独自の精製法で作っているため、薬効が桁違《けたちが》いなのだ。

おかげで、一度でも使った人は大体がリピーターになってくれて、年々収入は増えていた。ただ、あまり量を作れないので、さぼっているとすぐに品切れになってしまうのが難点である。

でも、贅沢《ぜいたく》な話なのよね。普通なら流れ者はなかなか信用されないものなのに。

あまり人と関われない事情がある私にとって、今の生活はとても恵まれている。村の人々はたまにしか顔を見せない私を快《こころよ》く迎え入れて、こうして今日まで丁度よい距離感で付き合いをしてくれているのだから、感謝しきりだ。

「さ、お腹空《す》いたし、とっとと終わらせて帰りましょうか」

誰にともなく呟きながら、お昼の献立《こんだて》は朝食の残りでいいか、と考える。

この六年で、一人でいることには慣れたが、そのせいなのか独り言が多くなった。またやってしまった、と少々苦い気持ちが湧いてくる。

そういえば、この前も村の人に聞かれたわね。「一人で寂しくないの？」って。

たまにしか村に下りてこない私を心配してくれる人から、時々言われる台詞《せりふ》。

その度《たび》に私は、結構気楽で過ごしやすいのよ、と答えている。元々人付き合いは苦手な方だし、伴侶が欲しいとも思っていない。それに、村はずれの一人暮らしと言うとかなり侘《わび》しい響きだが、実際はそうでもないのだ。

何しろ自分がやらねば何もかも進まないので、毎日何かしらすることがある。薬草畑の管理なんてその最たるものだ。これをやらねば薬師としての生計が成り立たず、ものも買えない。そして人間には滅多に会わない代わりに、近くの森から動物達がちょくちょくやってくる。なので、共存できるものとは仲良くしたり、狼など外敵になりそうなものには忌避剤《きひざい》を用意したりと結構忙しい。

そういったわけで、私は恵まれた生活を送れているのだ。……かつて故郷と共に失われた人々に比べれば。

一瞬浮かんだ過去の光景を打ち消して、私は溜息を吐き籠《かご》を抱え直す。鼻先を爽《さわ》やかな風が掠《かす》めていくのを感じながら、その場から立ち上がろうとし——動きを止めた。

「あんたが、魔女エレニーか」

突如、背後に現れた人の気配。

同時に聞こえた声に、身体が硬直した。

いつの間に、と驚きで目を見開くと、地面に落ちる自分の影と、背後にいる声の主の影が重なっているのが視界に映る。長く伸びた影の大きさからして、私よりゆうに頭二つ分は背が高そうだ。

首筋には、金属の冷たい感触があった。身体を強張らせたのはこのせいだ。

……剣の切っ先を突き付けられている。それも、恐ろしく強い殺気と共に。

ひたりと当てられた刃《やいば》に、脳内で警鐘《けいしょう》が鳴り響いた。

緊張で肌の毛穴が開いているのがわかる。嫌な汗が、じわりと背筋に流れるのを感じた。

どうする——？

焦りを抑えつつ、次の行動を考える。自分でも意外なくらい冷静でいられた。

私は悲鳴を上げることなく、頭巾《ずきん》を被った顔を伏せて押し黙った。もちろん時間稼ぎのためである。すっとぼけたところで、名が知られているあたり、恐らく事態は好転しない。

……かといって、このままってわけにもいかないし。さて、何かあったかしら。

手持ちの薬剤で、使えそうなものはあるかと考えを巡らせた。

今の私は、故郷である東国の衣装の上に、頭巾《ずきん》がついた長いローブを羽織《はお》っている。手には薬草の入った蔓籠《つるかご》が一つ。丸腰にしか見えないだろう。けれど、ローブの内側にはいくつも袋がついて

おり、そこには常備薬などを備えていた。

多くは収穫時に誤って怪我をしてしまった時用のものだが、畑が森に近いこともあり、獣対策の忌避剤《きひざい》や麻痺剤《まひざい》も入れてある。もちろん、これらは人間にも使用できるし、実際使ったこともある。

唐辛子をこれでもかというくらい煮出して粉末化させた目潰し薬でも投げつけてみようか。時間稼ぎにはなるかもしれない。

でも、相手の方が動きが速そうなのよね。隙がないもの……判断が難しいところだわ。

そう考えていたところで、風が吹き周辺に咲く花の花弁を散らしていった。

白い花びらが吹雪《ふぶき》のように辺りに舞い上がり、緊迫した状況には不似合いな美しさを垣間見《かいまみ》せる。

「答えろ、あんたが魔女か」

動かない私の背中越しに、固い声が冷たく問いかけてきた。

掠《かす》れ気味の重低音に、感情は窺《うかが》えない。しかし、首筋に当たる刀身に宿る殺気が薄まる気配もなかった。

僅《わず》かな身動きさえ憚《はばか》られる隙のなさに、相当の手練《てだ》れであると推測する。なのに、向けられた殺意に妙な違和感があるのに気付いて、私は眉を顰《ひそ》めた。

何かしら、これ。変な感じが……？

けれどそれについて結論が出る前に、背後から別の者の声が響き、私の思考は中断された。

「騎士殿っ！　その女です！　その女が東の国から来た魔女ですっ！」

その声が聞こえた瞬間、私は行動を起こした。

「……っ!!」

「ちっ！」

首に当てられた剣とは逆方向に身体を捻《ひね》り、振り向きざま腕にかけていた薬草籠《かご》を背後の男へ投げつける。籠《かご》の中にあった摘《つ》んだばかりの鮮《あざ》やかな薬花《やっか》や瑞々《みずみず》しい葉が、空中にぱっと散った。

同じくして、小さな舌打ちが聞こえた。背後の男が発したものであることは、見なくともわかる。

が、今の私はそれどころではない。

あああ、もったいない……っ！　せっかくここまで育ったのに……！

自分でやったことなのに、飛び散り地面へ落ちていく薬草に悲鳴を上げた。もちろん、心の中で。

手間暇かけて育て収穫したのだ。そこは汲《く》んでほしいというものである。

命あっての物種だものっ。仕方ない、仕方ないのよ……っ！

断腸の思いで、素早く駆け出し距離を取り、背後の男に対峙する。

激しく動いたせいだろう、羽織《はお》っていたローブの頭巾が外れ、一気に視界が広がった。かつて故郷で褒《ほ》められた長い紫紺《しこん》の髪が、溢れ出るように肩から胸元へと落ちていく。

とりあえずこれで、間近な脅威《きょうい》からは逃れられたかしらね。

刃《やいば》を突き付けられていた首筋を指先で押さえたところ、痛みも傷もない代わりにそこだけ体温を失っている感覚がした。

あのまま走り出し、背中を見せて逃亡を図《はか》るのは流石《さすが》に無謀だ。

後ろからばっさりやられる可能性が大きいし、相手が飛び道具を持っていた場合、確実に討たれていただろう。だから私はとりあえず、対面した上で改めて対策を考えることにしたのだ。まあ、相手の顔を拝んでやろうという気があったのも確かだけど。

「へぇ、これはまた。えらく別嬪《べっぴん》な魔女さんだな」

——は？

振り返った先、私の背後に立っていた相手に目をやれば、銀色の髪をした男が抜き身の剣をぶら下げ、にっと唇の片端を上げた。

何、この男。って、装束からして、騎士……なのかしら。

怪訝《けげん》に思いつつ、警戒したまま銀髪の男を観察する。男を騎士と断定出来たのは、その格好が一見してそれとわかるものだったからだ。

銀髪の男が纏《まと》っていたのは、白地に蒼《あお》の差し色が入ったイゼルマールの士隊の隊服だった。首を守るための大きな襟元に、ところどころ施《ほどこ》された金色《こんじき》の装飾。胸元には、羽根を広げた鷹《たか》の紋様が描かれている。

この地に移り住んで数年の私ですら覚えのある——西の王国イゼルマール、蒼《あお》の士隊に属する者の証《あかし》だ。

「魔女というから、どんな皺《しわ》くちゃの婆《ばあ》さんかと思ったら。なかなかどうして、いい女じゃないか」

銀髪の騎士が蒼《あお》い目を細め、笑いながら言う。

普通なら、初対面でこんなことを言われれば気分を害するのだろうが、不思議と騎士の言葉に嫌悪感を覚えなかった。剣を突き付けられた相手であるのに、だ。

恐らく、声に悪感情を感じなかったからだろう。

……変ね。さっきは凄《すご》い殺気だと思ったのに。

敵意ではなく興味を全面に押し出した視線に、はて、と内心首を傾げた。だけどすぐ、その理由に思い当たる。

ああそうか。さっきの違和感はこれだったんだわ。

この男、殺意はあっても、敵意がない。それこそ、全くと言っていいくらいに。

得心しつつ注意深く観察してみれば、男は結構整った容姿をしていた。

荒々しさを感じさせる撥《は》ねた銀色の髪に、目鼻立ちのはっきりとした彫りの深い顔。蒼《あお》い瞳が楽しげに輝いていることもあって快活な印象なのに、妙に隙がない。まるで剣の切っ先みたいな鋭さを纏《まと》った男だな、とそんな感想を抱いた。

まじまじと見ていたせいか、銀髪の騎士と私の視線がばちりとぶつかった。途端、騎士はなぜかふっと双眸《そうぼう》を緩《ゆる》ませ口元を笑みの形に変える。その余裕ある態度に、私の心に焦りの感情が湧き上がった。

……咄嗟《とっさ》の判断だったけど、逃げなくて正解だったかもしれないわね。

騎士の隊服を身につけているだけはあるのだろう。この余裕に、見上げるほどの長身、布地越しに見て取れる鍛《きた》えられた体躯、素人《しろうと》目でも易々《やすやす》と逃れられる相手ではないとわかる。

これは流石《さすが》に、まずいかも……

隙をついて逃亡するという選択肢が消え、冷たい汗が背中を伝う。

そんな中、再び金切り声が響いた。

「何をされているのですかヴァルフェン殿！ そやつがお伝えした魔女でございます！ さあ早く！ 捕らえるなり、痛めつけるなり、ご存分に！」

声のした方向に目をやれば、離れた場所できいきい騒いでいる貴族らしき男が見えた。その隣には騎士の装束を身につけた者がもう一人立っている。

それを見て、私はあることに気が付いた。

……あれって、もしかして。

やたらと目立つ華美な貴族装束を着た男の顔には、見覚えがあったのだ。

狐に似た細面《ほそおもて》に、若葉色の長い三つ編《あ》み。体躯は痩《や》せ形で、今年で十七歳を迎える青年にしては全体的に線が細い。

「キルシュ……？ どうして、貴方《あなた》が」

ぽつりと名前を呟くと、私の方を見たキルシュがふんと不機嫌そうに顔を歪《ゆが》ませた。

いつもながら態度悪いわねー……。慣れてるけど。

この地で唯一、私の頭を悩ませている存在を目にして、私は少々、いやかなり嫌な予感を覚えていた。その上、こういった予感は外れた試しがないのが、ますますもって嫌になる。

「久しぶりだなエレニー＝フォルクロス！ お前がこれまで犯してきた数々の非道、この僕が直々《じきじき》に、裁きを下しに来てやったぞ！ 覚悟しろっ！」

「はあ……」

キルシュの台詞《せりふ》を聞き終わったところで、思わず気の抜けた声を漏《も》らした。緊張で力んでいた身体まで脱力してしまう。

三文芝居の悪役じゃあるまいし……なんなのよ、今の台詞《せりふ》は。これまで数えきれないほど嫌がらせをされたけど、今回は突き抜けてるわ。

げんなりとした気分のままキルシュから視線を逸らす。私の真正面にいたヴァルフェンと呼ばれた騎士は、いつの間にか剣の切っ先を地面に向けて、残念なものを見たと言わんばかりの表情を浮かべていた。彼も私と同様、緊張感なんてものは吹っ飛んでいる。

「なんだか……妙なことになったな……」

ヴァルフェンの口から戸惑いと呆れ交じりの声が零《こぼ》れた。

おかげで、私はなんとなく事の次第を理解できた。多分、いや十中八九、この事態はキルシュが発端《ほったん》なのだ、と。

「おいエレニー！　なんだその生返事は！　僕に会えて嬉しくないのか！　嬉しいだろう！　ならそれらしい顔をしてみせろ！　どのみちお前の命運は、今日をもって尽きるがな！」

「はあ……」

再び、私は気の抜けた声を溜息と共に吐き出した。

キルシュは貴族の息子で、この辺境の地一帯を治めるダイサート子爵家の一人息子だ。

故《ゆえ》あって私は彼と五年ほど前から関わりがある。出会った当初は普通の子供だったのに、十七歳になった今ではボンクラ息子になっているのだから、時の流れというのは非常に残酷だと思う。彼は、普段は王都に住んでいる癖に、たまに領地へやって来ては暇つぶしのように私や村民へ嫌がらせを繰り返すという、本当にどうしようもないお子様だ。

『ダイサート家の問題児』キルシュ＝ダイサート。それが彼だった。

父親のダイサート子爵は領民からの人望厚い人格者なのに、どうして息子はこうなのかしら。理解に苦しむわ。

正直、この領地の未来は明るいとは言い難いだろう。

「ちょっとキルシュ、これ全部貴方《あなた》の仕業《しわざ》なの？　ご大層に士隊の騎士まで連れてきて。貴方《あなた》どんだけ暇なのよ。そんな時間があるのなら、少しは子爵の仕事でも手伝って、領地の経営を学んできなさい！」

脱力していた気分をなんとか持ち直し、愚かな子爵令息を叱りつけた。キルシュ自身はどうでもいいが、いつか彼に治められるこの土地に住む人々が気の毒で、黙っていられなかったのだ。

怒りと呆れと馬鹿馬鹿しさに、きっと彼を睨《にら》み付ければ、キルシュは男の癖にひっと声を上げた後、横にいた騎士の背中にそそくさと隠れた。

女の私に睨《にら》まれたくらいで引っ込むとか、どれだけ小心者なのよ……

そんな感想を抱いていたら、私の真正面から、くつくつと笑う声が聞こえ、ん？　と視線を向ける。

すると、面白そうに蒼《あお》い目を細めた騎士が、私を見ながら堪《こら》え切れないといった風に腰を屈《かが》めて笑っていた。脈絡のない反応に、少し戸惑う。

何が面白いのかしら、この人。お腹まで押さえてるけど。

訝《いぶか》しみつつジト目を向けると、騎士は剣を持っていない方の手で目尻を拭《ぬぐ》い、ふうと軽く息をついた。

どうやら、笑いすぎで涙が滲《にじ》んでいたらしい。

……意味がわからない。

「なあ、あんた、王命書に書かれていたのと随分感じが違うな。面白い」

「それはどうも……って、王命書？　何よ、それ」

銀髪の騎士、ヴァルフェンが口にした言葉に、私の目が点になる。

王命書というのはその名の通り、国を治める王による直々《じきじき》の命令書のことだ。最上級の手配書と言っても相違ないだろう。

そんな代物《しろもの》に自分の名前が書かれているとなれば、正直この国での私の命運は尽きたに等しい。

キルシュの三流悪役振りに気を取られていたが、なかなかマズイ状況のようだった。

私を魔女だと断言してたから、正体はばれてるんだろうけど。

ああでも、どうしてキルシュにばれたのかしら……って考えてる暇はないわね。でも、逃げられる気もしない。

この場にいるのは騎士が二人。キルシュは数に入れずともいいだろうが、目の前にいるヴァルフェンという男の隙をつくことは難しそうだ。

……せっかく故郷の東国から逃げ延びて、一人静かに暮らしていたのに。

再び、逃げなければならないのだろうか。あの時と、同じように。この地に移り住んで六年、やっと落ち着けたと思っていたのに。

荒れた土地を薬草畑に変えるまで、どれだけの手間と労力を要したものか。

なのに、また全て捨ててしまわなければいけないの……？

私の胸中に、焦燥と不安が渦巻《うずま》く。これまでの年月を、全て台無しにされた気分になった。

なんてことしてくれたのよ、キルシュの大馬鹿……！

どうして彼に魔女であることが知られたのかはわからないが、どうせ彼が王へ密告したのだろう。こうなってくると詰《なじ》るよりも縊《くび》り殺してやりたい勢いだった。やったところで、事態が変わるわけでもないけれど。

イゼルマール王が私の存在を知り、かつ王命書まで出しているという事実に、憤慨《ふんがい》すると共に青褪《あおざ》める。我が身の行く末を想像するのも恐ろしい。

ふと、強い視線を感じて見回すと、銀髪の騎士ヴァルフェンと目が合った。彼の持つ二つの蒼《あお》が、ふわりと細められる。

「そう悲観するな。まだ一般の民《たみ》にまでは周知されていないさ」

血の気が引いた私に彼が言う。状況に見合わぬ優しさが滲《にじ》んだ口調に、聞き違いかと驚いた。

「王命といっても内々のものだ。そこのダイサート家から、領地に移り住んだ東国の魔女が悪さをしていると嘆願があったために下りた討伐命令なんだが……この感じじゃ、どうも行き違いがあったみたいだな。あんたどう見ても、悪人には見えないぜ」

諸悪の根源でもあるキルシュに目をやりながら、ヴァルフェンは片方の眉を下げそう言った。彼のあまりにも軽すぎる態度に虚をつかれつつも、行き違いという言葉にいくつもの疑問符が浮かぶ。

おかしい。王が私の存在を知ったのなら、『秘術』について、尋問させるか取引を持ちかけるかするはずなのに。東国の先王だって、そのために私達を滅ぼしたのだ。

騎士の不可解な言動に眉を顰《ひそ》める。一体なんのつもりなのかと、警戒心を増幅させた。

私は、彼らが言った通り『魔女』と呼ばれる一族の生き残りである。と言っても、絵物語にあるような強大な力が使えるわけではなく、少しの魔力があって、ある種の知識に長《た》けているというだけだ。

けれど、私達一族は元々いた東国で、とある理由により片手の指の本数程度の人数を残して滅ぼされるに至った。

そんなことがあったのだから、そこに相当の理由があることは、誰しも察することが出来るだろう。

なのにこの騎士は、まるで知らない顔をして、行き違いだと言ってのけた。

どういうつもりなのかしら。まさか、見逃してくれるとでも？　流石《さすが》にそれはないわよね。

微かな希望にさえ縋《すが》りそうになる自分に呆れていると、唐突にカチンと金属音が鳴り響き、続けて感心したみたいな声が聞こえた。慌てて目を向ければ、剣を鞘《さや》に収めたヴァルフェンが指先を顎《あご》の下に添え、こちらをじっと眺めながら口を開く。

「しかしまさか、東国の魔女一族の生き残りが、こんなところにいたとはなぁ。話には聞いてたが、俺も初めて見たぞ」

「……別に、見世物じゃないわよ」

「まあそう怒るなって」

まじまじ観察してくる騎士に一瞥《いちべつ》を投げるも、楽しそうに笑われ、むっとする。

なんなのこの、おかしなくらいの気軽さは。もしかして、私を油断させるため？

先程の殺伐とした空気を霧散《むさん》させ、別人のような軽さを見せるヴァルフェンを前に、私は短い息を吐いて姿勢を正した。油断させたところでばっさり、なんていうこともありえる話だ。そして助けてやるからと甘く囁《ささや》き、情報を聞き出そうとする。

そんな仕打ちを受けた仲間を、私は大勢知っていた。

機がくれば、必ず逃れてみせるわ。私がそう決意した時——

「だ、騙《だま》されてはなりませんヴァルフェン殿！　この女は——この魔女はあろうことか、僕に毒を盛ったのです！　それは父ダイサートも知る事実！　行き違いなどではございません！」

私達のやりとりを離れて見ていたキルシュが、堪《たま》りかねたように叫んだ。相も変わらず台詞《せりふ》が妙に芝居がかっている。

「って、あいつはああ言ってるが、どうなんだ？」

ヴァルフェンは肩を軽く竦《すく》めつつ、やれやれといった風に苦笑を浮かべた。そして、ちらりとこちらへ視線をよこす。

「それは……」

視線と声で促《うなが》され、私は事情を説明することにした。あまり口にしたくない話ではあるが、ここでだんまりを決め込むにはどうにも分《ぶ》が悪すぎる。

言いたくないけど……本っ当に、言いたくないけど……っ！

内心の葛藤《かっとう》を抑え込み、渋々話し始めた。

「……確かに薬は盛ったけど、それは彼が村の家畜を面白半分に殺したり、村娘に手を出そうとしたりしたからよ。使ったのも毒って言うほどのものじゃないわ。ただちょっと……その」

「その？」

口ごもる私に、ヴァルフェンは首を傾げながら続きを待つ。きょとんとした顔のせいで言い辛さが増し、若干声が裏返った。

「だ、男性の機能が……！　一ケ月だけ使い物にならなくなるってだけよ……！　ちゃんと事前にダイサート子爵へ手紙を書いたし、返事だってもらったわ！　我《わ》が儘《まま》な息子に灸《きゅう》を据えたことを、感謝されたくらいなんだからっ！」

言い終えた瞬間、自分の顔に熱が集まっていくのがありありとわかった。

羞恥《しゅうち》で固まる私に、ヴァルフェンは「まじか」と呟いたあと、ふむと軽く頷く。

「なるほど。それはまあ……確かに毒と言うほどのものじゃあないな。自業自得とくれば特に。あああそうか。だから村の人間は誰一人、あんたのことを悪く言わなかったのか。ダイサートの息子には、怯えた目を向けていたが」

湧き上がった恥ずかしさに耐えていた私は、彼の話を聞き、はっと我に返った。

「ちょっと、村の人に何もしてないでしょうね!?」

怒鳴りつけるように問えば、ヴァルフェンは一瞬驚いた風に目を瞠《みは》り、その後、蒼《あお》い目を細めて穏やかな口調で語り出した。

「別に何もしてないさ。ただ話を聞かせてもらっただけだ。無実の者に手を出しはしない」

「そ、そう……」

その言葉に、内心ほっと胸を撫《な》で下ろす。私のせいで彼らに何かあったとすれば、それこそ償《つぐな》い切れるものではない。

よかった。これでもし私が彼らに連れていかれたとしても、誰にも迷惑をかけずに済む。

今後は薬を卸《おろ》せなくなるけれど、一応王都から仕入れている薬もあるはずなので、以前の状況に戻るだけだろう。

「あんた……いいなぁ」

「は?」

安堵で息をついた私に、ヴァルフェンはなぜか、柔らかな声音で嬉しそうに呟いた。不可思議な反応に、私は呆気にとられてぽかんと間抜けな顔を晒《さら》してしまう。

さっきから、この騎士の言ってる意味がよくわからないのは私だけだろうか。

今の今まで討伐の対象だった相手を前に(むしろ現在もそうなのだが)口にする言葉にしては、おかしい気がする。

「まあ、この件はダイサート子爵令息からの逆恨み……じゃない、勘違いだと訂正しておこう。悪かったな、急に」

しかも、そんなことまで言い出した。

う、嘘。いいのかしら。王命書なんて大層なものが出ているのに、こんな簡単に引き下がって。キルシュなんて、逆恨みって言われたのがよほどショックだったのか、顔を真っ赤にしたまま震えている。それに私には……いや、私達東国の魔女には、狙われてもおかしくない決定的な理由があるというのに。

どういうことなのよ。一体。

驚きを通り越して呆然とする。しかし、それも一瞬だった。

混乱していた頭が、唐突に向けられた冷たく厳しい気配によって冷静さを取り戻す。

予想外の方向からもたらされた鋭い殺気に、私は先程よりも強く身体を硬直させた。

「……っ⁉」

今度は何よ……っ⁉

激しい金縛りのような感覚に、肌がびりびりと痺《しび》れる。強烈な圧迫感に晒《さら》され、軽い呼吸不全を引き起こしていた。

かつて故郷で聞いた覚えがある。手練《てだ》れの剣士は、殺気のみで相手の動きを封じることが出来るのだと。

恐らくこれはそういう類《たぐい》のものだろう。先程ヴァルフェンから向けられた殺気とはまるで種類が違っている。

無機質な殺意に、心の底から恐怖が湧いた。

どこなの……っ⁉　誰が、こんな……っ！

唯一自由になる視線で気配の発生源を探れば、正面にいる銀髪の騎士ヴァルフェンから少し離れた場所にいるキルシュへと行き当たった。けれど、それはキルシュから発せられたものではなく、その隣にいる人物からだと気が付く。

「——勘違いではありませんよ。その王命は、確かに彼女の討伐を命じたものです」

私がその人物を認めた瞬間、静かな声が鼓膜《こまく》に響いた。

すると私とヴァルフェンとの間に、夜色の髪で片目を隠した男が躍《おど》り出る。彼は腰元の剣の柄《つか》に手を添えて、こちらへ冷たい視線をよこしていた。

「ロータスっ‼」

ヴァルフェンが焦った声で叫ぶ。同時に夜色の騎士が剣を鞘《さや》から引き抜き、ぎらりとした刀身を私に突き出してくるのが視界に映る。ひゅんっと風を切る音がした。

私は身動きが取れないまま、自《みず》らに迫り来る刀身を見つめていた。

鋼《はがね》の刀身が、太陽の光を受けてぎらりと輝く。

無理、避けられない……っ！

半《なか》ば諦めの気持ちを抱きながら、ぎゅっと目を瞑《つぶ》った刹那《せつな》。

ギャイン！　と、鋼《はがね》と鋼《はがね》のぶつかり合う大きな音が、辺り一面に鳴り響いた。

え——？

衝撃と痛みがやってこないことに驚き、恐る恐る目を開く。すると、私の目前で銀の刃《やいば》が、同色のもう一刃を受け止めていた。

「……どういうおつもりですか。ヴァルフェン殿」

「それはこっちの台詞《せりふ》だ。今回の責任者は俺だろうが。勝手な真似してんじゃねえよ」

いつの間に移動したのか、瞬《まばた》きほどの時間だったにもかかわらず、ヴァルフェンも私のすぐ傍に移動していた。

そして真横に剣を構え、突き出されたロータスという男の刃《やいば》を受けている。つまり私は、彼のおかげで刃《やいば》を免《まぬが》れたのだ。

……でもどうして、彼が私を守るの？

疑問が浮かぶが、横にいる銀髪の騎士へ今聞けるわけがない。彼の鋭い眼光は、ロータスへ向けられている。

張り詰めた緊張感と衝撃に頭が付いていかなかった。二人の攻防は、およそ常人では真似できないレベルで、キルシュなどは沈黙したままだ。多分私と同じで、全く身動きが取れないのだろう。どうしたらいいのよ、こんなの。逃げられる空気じゃないし、口を挟むことすら出来ないなんて。当事者だというのに何も出来ない無力感に、もどかしさが募《つの》る。けれど、そんな私には構わず、二人は勝手に話を進めていた。

「直前まで剣を鞘《さや》に納めていながら私の動きに合わせられるとは、流石《さすが》ですね。敬服します」

剣を突き出したままのロータスが、無表情で言う。

「馬鹿言うな。お前が手加減したことはわかってんだよ。あの魔女を殺す気がなくても、傷をつけるつもりはあったってこともな」

一方、ヴァルフェンは、それに口端をつり上げ答える。

「上下関係は初めにはっきりさせておいた方が、後々楽ですから」

「だからお前ら宵《よい》の士隊は気に食わん」

……なんだか、思い切り無視されている気がするのは気のせいだろうか。

否、気のせいではないだろう。

ヴァルフェンとロータスを、私は胡乱《うろん》な目で眺めていた。

何、私をそっちのけで会話してんのよ。この騎士どもは。

蚊帳《かや》の外状態に、頬を引き攣《つ》らせた。男同士のやりとりというやつだろうが、人のことをまる無視して、目の前でやっているのだ。気分を害するなという方が無理である。出来ることなら今の内に、近くの森にでも逃げ込みたいけれど、こんなやりとりをしている間も隙は見せないのだから余計に苛立つ。

殺すだの傷をつけるだの、上下関係だの、一体私をなんだと思っているのか。牛や馬を調教しているわけではないのだ。馬鹿にするのも大概にしてほしい。

そう内心で憤《いきどお》りつつ彼らを注視していたところ、ロータスの隊服がヴァルフェンのものとは微妙に違うことに気が付いた。

ヴァルフェンのものが白地に蒼《あお》の差し色で、ロータスのは同じく白地に……黒だ。だから彼は宵《よい》の士隊と言ったのか。確かに黒は闇の色。宵《よい》の色でもあるものね。

でも、どうして同じ隊の人間同士ではなく、別々の士隊に属する者が組んでいるのだろう？　たしか士隊は、それぞれに決まった役割があったはずだけど。同じ色の隊服を着た者同士で来ないのは妙だ。

疑問に思っていると、ヴァルフェンが剣を引かないままロータスに問いかけた。

「今回の命については俺に一任されていたはずだよな。それとも何か、きな臭いとは思ってたが、案の定、他の用があるのか」

ロータスも構えをとかず、一度ふっと瞼《まぶた》を下げてから、視線で私のことを示した。

「ええ、そうです。そもそも私が同行したのも、イゼルマール王の伝言を彼女にお伝えするためなのですから」

「伝言……？」

ああやっぱり。

胸中で納得し、同時に落胆する。見逃されるわけはないと知っていたのに、ほんの少しでも希望を抱いてしまった自分がおかしかった。やはり、端《はな》からそれが目的だったのだろう。

口調は淡々としている割に、殺気だけはずっとこちらに向けている宵《よい》の騎士を見つめ、私は拳《こぶし》を強く握り締め、足にぐっと力を込めた。

「はい。彼女には、王より助命についての条件を提示するよう申しつかっています。東国の魔女一族に伝わる『秘術』を、我が国に譲与していただければ、今回の討伐命令を取り下げるというものです」

「勝手なことを……っ」

ふざけるな！　と叫んでしまいそうだった。いくらキルシュが嘆願書を出したといえど、こじつけに近い理由で押しかけてきた癖に、死にたくなければ従えなんて。無茶苦茶な言い分に、心の底から怒りが湧き上がる。今は亡き東国の先王と同じやり方に、どこの国も変わらないと吐き気を覚えた。

腹立たしさにロータスをぎっと睨《にら》み上げる。

ここで断れば、きっと私は斬られるのだろう。それは理解出来るけれど、怒りは腹の底でぐらぐらと煮え、噴火寸前まで昂《たか》ぶっていた。

「私はっ……！」

「――秘術ねぇ、どんなもんか知らんが……なるほどな。ダイサート家からの嘆願を受けたのは、ただの目眩《めくら》ましか。討伐したと見せかけて、陰で彼女を使役するための」

答えようとしたところ、ヴァルフェンによって遮《さえぎ》られた。彼の声音には、私と同様に怒りの炎が宿っている。

「さあ、なんのことでしょう。ダイサート家からの嘆願はあくまで東国の魔女の討伐についてです。そして彼女が貴族に毒物を盛ったのであれば、その効力がどの程度であれ裁きには十分値《あたい》します。これは、国法にも記されているれっきとしたルールです」

「そ、そんな、僕は何も、エレニーの命までは……」

キルシュが、ロータスの言葉に戸惑った声を上げた。緊迫した空気に気圧《けお》されていた彼は怯えた顔で、一人離れた場所に立っている。

……正直なところ、ヴァルフェンとロータスの攻防に気を取られ、存在を忘れていた。

さっき思い切り、お前の命運もここまでだとかなんとか宣言してた癖に。

よくも今更そんなことが言えたものだと思うが、元々考えの浅い青年なので、大して苛立ちもしなかった。それどころではないという理由もあるが。

「変だとは思ってたんだ。同行者が俺の部下じゃなく、お前だって聞かされた時からな……で、魔女とはいえ無実の女を、従わぬなら殺せってわけか」

ヴァルフェンが、怒りを滲《にじ》ませた声で尋ねる。

「はい。現在、私ども宵《よい》の士隊が調べた限りでは、東国の魔女の生き残りは三人のみ。一人はホルベルクへ渡っており手が出せず、もう一人は行方《ゆくえ》が知れません。そんな中、彼女が自国で見つかったとなれば……他国に渡したくないと思うのが当然でしょう。南国ドルテアなどに捕らえられては、目も当てられませんので」

ロータスの説明に、私は驚きを隠せなかった。まさか、そこまで詳細を掴まれているとは思わなかったのだ。

北国ホルベルクにいるとされている仲間の話は、六年前に故郷で私も耳にしたことがある。確証は全くなかったのだけど……どうやら本当に存在しているらしい。

同族の情報が得られたのは嬉しいが、状況が状況なだけに少々複雑だ。

「あの狸《たぬき》じじいめ」

ロータスの話に、ヴァルフェンが忌々《いまいま》しそうに吐き捨てた。恐らくイゼルマール王のことを言っているのだろう。

仕えている主君に対して不適当な言葉だが、何か思うところがあるのかもしれない。

「気に入らないな、そういうやり方は」

ヴァルフェンが、不機嫌さも露《あら》わに告げた。じわり、と彼の身から発される怒気が濃くなった気がする。

「貴方《あなた》が気に入る気に入らないにかかわらず、これは王のご意向です。騎士である貴方《あなた》は、命に従ってさえいればよい。何より、貴方《あなた》を傷つけると、私も面倒なことになりますので」

ロータスが、そんな彼を冷たく一瞥《いちべつ》して畳みかけた。確かにそれは正論だ。国に仕える騎士は、結局は王に仕えているのだから。

しかしヴァルフェンは、ロータスの言葉にぎりりと音が出るほど剣の柄《つか》を握り締めた。

横槍を入れられた上、気に入らない手法を取られて、苛立っているのだろうか。もしかすると結構実直な人物で、正義感故《ゆえ》の怒りなのかもしれない。

私には、関係のないことだけど。

「では、そろそろ返答をいただけますでしょうか」

ロータスが、片方だけ見えている目を細めて私に問う。私は背筋にひやりとしたものを感じながら、ぐっと唇を噛みしめ覚悟を決めた。

答えなど決まっている。六年前、一族の皆がしたのと同様に、拒絶しなくては。

胸に湧き出した恐怖を押しやり、思いきって口を開く。

けれど言葉を告げる寸前、ヴァルフェンが私にだけ聞こえる低い声で、しかしはっきり囁《ささや》いた。

「——暴れるなよ」

どういうこと、と返すよりも早く、私の身体が突然ふわりと浮き上がる。

「っきゃああああっ⁉」

視界が、一気に高くなった。

な、何⁉

なんなの一体……っ⁉

「ヴァルフェン殿⁉」

ロータスの戸惑いと焦りに満ちた声がその場に響く。私から見えた彼の片目は、驚愕《きょうがく》で大きく見開かれていた。

「やり方がっ！　気に入らねーんだよっ‼」

ヴァルフェンは、私の身体を肩に担《かつ》ぎ上げて荒々しく叫ぶと、そのままもの凄《すご》い速さで森の方角へと突っ込んでいった。

◇◆◇

――で。

今に至るというわけである。

「これからよろしくって……貴方《あなた》何考えてるのよっ!?　そんな言い分聞くわけないでしょう!?」

「だって仕方ないだろ。そうなんだから」

そうなんだからって……

勝手な言い草に、憤怒《ふんぬ》と混乱で頭を抱えたくなった。

そんな私に構わずに、ヴァルフェンは何食わぬ顔で「どっちにしろ、今夜はここで野宿だな」とさらりと告げた。

その言葉に空を見上げれば、太陽が夜の気配を引き連れ、沈みゆく茜《あかね》の帯を纏《まと》っているのに気付く。

鮮《あざ》やかだった樹々の緑が、暗い色に染まり始めていた。

野宿って……簡単に言うけど、ここがどこだかわかってんのかしら。

文句を言いたいのはやまやまだったが、ひとまず置いておき周囲を確認した。

どうやら、森の奥深くに来てしまったらしい。この森には薬草採取で何度か足を踏み入れたことがあったが、ここまで入り込んだのは初めてだ。さらに奥を眺めてみても、木々がずっと連《つら》なっていることしかわからない。

それにしても、いくら騎士だからって、体力ありすぎでしょう。私が止めなきゃいつまで走っていたんだか。

しかも、下ろされたと思ったら、あの『惚れた』発言である。もちろん信じてないが。

……一目惚れだのなんだの、吟遊詩人《ぎんゆうしじん》の恋物語でもあるまいし、正直一刻も早くこの男と離れたい。

でも、逃げ出した瞬間に追いかけられてばっさり、という可能性もまだ消えていないことを考えれば、それは得策ではなかった。また、聞きたいこともある。

嘆息しつつヴァルフェンに目をやると、私の反応を待っていたのか、銀髪の下にある蒼《あお》い双眸《そうぼう》がじっとこちらを見つめていた。

というより、見すぎだ。思えば会った時から遠慮がなさすぎである。

人の視線にはあまり慣れていないので、居心地が悪かった。落ち着かない気分を悟られたくなくて、わざとらしく咳払いをしてから口火を切る。

「ねえ、どうしてさっきの……ええと、宵《よい》の士隊の、ロータスって言ったかしら。彼はなぜ追ってこないの？」

私が問えば、ヴァルフェンは片側の眉をくっと上げ、にやりと笑みを浮かべた。

「へえ。気付いてたのか」

「そりゃあね。付いてくる気配が全くなければ、流石《さすが》に気付くわよ」

「だろうな」

馬鹿にするな、と非難も込めて付け足すと、なぜか嬉しそうに笑って返された。それにむっとしてジト目を向けたところ、彼は余計に表情を崩す。この男はもしかすると妙な薬でもやっているんじゃないかと少し引いた。

しかし、あんなやりとりをしたにもかかわらず、ロータスが途中で追尾をやめたのは事実である。私もそれほど察知能力に長《た》けているわけではないが、明らかに彼の気配は途中からふつりと消えていた。

「追ってこないんじゃない。追えないんだよ。俺がいるから」

「貴方《あなた》が……？」

ずっと薄く笑っていたヴァルフェンの表情に、突然自嘲《じちょう》めいた色が表れる。口ぶりには、どこか疲れた空気が漂《ただよ》っていた。

「改めて名乗るが、俺の名はヴァルフェン＝レグナガルド。見ての通り西の王国イゼルマールの、蒼《あお》の士隊に属する騎士だ。ってまあ、自己紹介が出来たところで、エレニー……あんたも少し休め。あいつらのことは、今は気にしなくていい」

「どうしてそう言い切れるの」

疑問を感じて問い返せば、ヴァルフェンは翳《かげ》りを帯びた表情を浮かべた。それに、なぜか視線が引きつけられる。

「俺が任に背《そむ》いたからだ。これでも一応貴族の端くれでな。俺を捕えるとなったら貴族位審判会の同意が必要になる。……あいつ、ロータスは一度王都に戻って、面倒な手続きをしないといけないんだよ。俺の家の爵位は低いが、初代は侵略戦争で武勲《ぶくん》を立てた人間でな。士隊に味方も多いし、高位貴族の知り合いもいる。だから、あの場で判断はできず追ってこられなかった」

なるほど。あまり貴族っぽく見えないけど、そういうものなのね。

苦々しそうな物言いがひっかかったが、彼の説明を聞いて納得した。まあ、全てを信じたわけではないけれど。

にしても……

「貴方《あなた》、こんなことしたら反逆罪になるんじゃないの。これからどうするのよ」

強い口調で尋ねれば、ヴァルフェンは一瞬きょとんとした顔をして、なんだそんなことかと言わんばかりに首を傾げた。

さっきも思ったけど、変に気の抜けた反応をする男だと思う。

なんていうかこう……人懐っこい大きな犬を相手にしているみたい。

警戒心をどこかに置いてきたような態度に、少し戸惑う。

「どうするって言われてもなぁ。元々今回の任には乗り気じゃなかったのもあるし、あんたを見て気が変わったってのもあるし。やり方も気に入らなかったからなー」

「はあ？」

ヴァルフェンは軽い口調で答えてから、すたすたと歩き、大きめの樹の下へ座り込んだ。仕方がないので私も傍まで歩いていって、座り込んだ彼を見下ろす。

今、思い切り私に背中を向けたけど、そんなに無防備でいいのかしら。

それに、気が変わったってなんなのよ。仮にも騎士が、そんな理由で王命に刃向かったってい
うの？

「気が変わったって……？」

思ったことをそのまま口にすれば、なぜかやれやれと肩を竦《すく》められた。その上、わかんないやつだな、とばかりに、諭《さと》すような声で言われる。

「言っただろ？　一目惚れだって」

「貴方《あなた》ねぇ……っ！」

相変わらずの物言いに、怒鳴りつけようかと息を吸い込んだが、急に真顔を向けられて言葉をぐっと呑み込んだ。

なんなのよ。その顔は。

真剣な表情を向けられて、思わずたじろぐ。ただでさえ村はずれに住み、他人との関わりをほとんど断《た》ってきたのだ。異性とここまで長い時間を過ごした経験などこれまでなかった。それもあって余計に、彼の考えていることがわからず混乱してしまう。

「本気だって言っても、信じないだろ。だから俺はあんたについていく。どの道、お互いにもうこの国にはいられないだろうからな」

「それはまあ、そうだけど……」

「ならいいじゃないか」

いや、全然よくない。そもそも、信じる信じない以前の問題だ。馬鹿馬鹿しいにもほどがある。

そう思いつつも、目を背《そむ》けていたことを突き付けられて動揺している自分がいた。

確かに王命書がある限り、私はもうこの国では暮らせない。ならば、他国へ渡るしか道はないだろう。

かといって、彼と共に旅をする道理もない。

「ふざけないでよっ。百歩譲って私が国外へ出るのはその通りだとしても、貴方《あなた》と一緒に行く理由なんてないわ」

「別にふざけてるつもりはないんだけどな」

「ついでに言えば、どこの世界に、自分に剣を向けた人間と旅をしたいと思う人がいるのよ」

「あー……まああれは、確かに悪かった。任務だったからな。一応は」

その任務を放棄して、討伐対象と逃走した人間がよく言う。

しかし私に罪悪感を覚えてはいるのか、ヴァルフェンは短い銀髪を片手でがしがし掻《か》きながら、困った顔をしていた。

にしてもこの男は一体、私のことをなんだと思っているんだろうか。あまり言葉が通じている気がしない。先程も思ったが、まるで動物……犬でも相手にしているみたいな感覚だ。やたら距離が近いくせに、こちらの反応には構いもしないなんて。

彼は「まあ、いいじゃないか」と何がいいのか笑って誤魔化し、自分の左側の地面を掌《てのひら》でぽんぽん叩いた。どうやら、自分の横に座れということらしい。

……誰が座るか。

やはり逃げた方がいいだろうか。だけど、私は朝から働いていたのだ。担《かつ》がれていたとはいえ逃走時にも体力を消耗しているし、もう日も暮れる。夜の森を動くのは流石《さすが》に無謀だと思う。

不本意だけど……全くもって不本意だけど、確かに休息は必要よね……。今後、どう行動するにしても。

私は仕方なく、周囲を確認してから手ごろな場所に腰を下ろした。花の季節といえど、日暮れ時にはまだ気温が下がりやすいのか、座った地面は冷たい感じがする。四方八方に伸びた樹々の根っこが、ぼこぼこと隆起《りゅうき》しているため、横になるには寝心地が悪そうだ。

といっても、流石《さすが》に寝るつもりはない。一緒にいる相手が相手だし。

ヴァルフェンからは少し離れて座ったが、目を離すのも不安なので、人間三人分程度の距離を空《あ》けるに留めた。

そんな私に、彼は軽く肩を竦《すく》め、ふっと吐息を漏《も》らして苦笑する。

「そう警戒するなって」

しないでか。

自分を討伐しに来た騎士、しかも一目惚れしたなどという馬鹿げたことを言ってくる男相手に、安心しろという方が無理な話だ。

私の態度に苦笑で返すヴァルフェンの顔は、嘘をついているようには見えない。が、首に剣を突き付けられたことを考えれば、信用など出来るはずもなかった。

一点だけ確かなのは、彼が私を担《かつ》いで逃亡してくれたことくらいだろうか。まあそれも、何か思惑があってのことだとは思うが。

「……ねえ、貴方《あなた》は大丈夫なの？　いるんでしょう、家族とか」

ふと浮かんだ疑問を口にすれば、彼の銀色の眉がくっと上がった。しかも、妙に嬉しそうである。

「まあな。親は既にないが、親類縁者は残ってるよ。後は屋敷の人間くらいか。そんなに多くはないし、俺が切れてやらかした時は友人のもとに逃げろと言ってある。だから大丈夫だろ。そいつは俺と違って高位の貴族だからな。……なんだ、心配してくれたのか？」

つい気にかかって聞いてしまったが、からかうみたいに返されて、むっとする。

「別に。貴方《あなた》のせいで困る人がいるなら、気の毒だと思っただけよ」

嫌味を交えて言ったのに、なぜかヴァルフェンはまたも嬉しそうに蒼《あお》い目を細めていた。

「やっぱいいなぁあんた。本当に断らなくて正解だった。まぁ、振り返った瞬間に、その気は失せていたんだが……嘆願書も王命書も、どっちも気に食わなかったし」

「何よそれ」

あっけらかんとした物言いに、呆れの溜息が出る。

無茶苦茶だわこの男。これで騎士だなんて。

実力はあるようだけど、イゼルマールの騎士道精神を少し疑う。

「貴方《あなた》馬鹿なんじゃないの。気に食わないとか気が変わったとか、普通そんな理由で王に刃向かう？　捕まれば、罰どころじゃ済まないでしょう」

重ねて言えば、ただでさえ嬉しそうだった顔が余計に破顔した。

なぜだ。

「俺のことも心配してくれるのか？」

「やっぱり馬鹿だわ」

呆れ返った私に、ヴァルフェンは何が面白いのか大きな笑い声を上げた。

顔立ちは鋭い印象だが、こんな風に笑うと一気に穏やかな気配を纏《まと》う。その顔を直感的に嫌いではないな、と感じてしまって、私は慌てて振り払った。

「あんたやっぱいい女だな。俺が見込んだだけのことはある」

またわけのわからないことを言われた。どうあっても褒《ほ》め言葉で返されて、居たたまれない気持ちになる。

……おかしな男。

気分で王命に背《そむ》いて、女一人助けるなんて。

ほんと、滅茶苦茶だわ。

けれどなぜか、嫌な感じはしなかった。どういった思惑があるかは計《はか》りかねるが、仲間から逃げたということは今すぐ私を引き渡してどうこうという気はないのだろう。信じるまではしなくても、そこまで警戒したままでいなくてもいいかもしれない。……疲れで開き直っているとも言うが。

どの道、今夜はここで過ごすしかなさそうだし。まあ、『秘術』について探る気ならば、私が気を付ければいいだけのこと。そもそも、私は『秘術』の情報なんて持っていないし。

疲労困憊《ひろうこんぱい》の頭で考えつつ、私はふっと短い溜息を吐いた。

「まあいいわ。ひとまず今はここで休むことにする。もちろん信用なんてしてないわよ」

「そっか。結構手厳しいな」

「当たり前でしょ」

「まあ、そうだろうな」

私の返答に、ヴァルフェンは何を思ったのか考え込むように目を伏せた。それから、何やら腰元でごそごそし始めたかと思えば、ぱっと笑顔でこちらに振り向く。

「なら、これ持っといてくれ」

「え」

差し出されたものを見て、虚をつかれた。

持っといてくれって……。本気で言ってるの？

疑うのも無理はない。何しろ彼が差し出したのは、凝《こ》った細工が施《ほどこ》された一振りの剣だったのだ。今まで彼の腰元に提《さ》げられていたものである。

それを差し出される理由がわからない。

騎士にとって剣は、それこそ己の分身か命同然でしょう。それをなんで持っとけなんて……

ヴァルフェンは戸惑う私に構わず、さっと立ち上がってこちらへ歩み寄り、笑顔で「ん」と剣を押しつけてきた。

「ちょ、ちょっと……っ！」

「自分の手にあれば、少しは安心できるだろ？」

――あ。

抗議を穏やかな口調で制されて、理由を理解した。同時にどさくさに紛れて剣を押し付けられてしまう。ずしりとした硬質な重みが、両の掌《てのひら》に載せられた。

私が信用してないと言ったから？　警戒を、未《いま》だ解き切っていないから？

もしかして、これで信用しろと言ってるの……？

「なんなら作業用の細剣も渡すが、どうする？」

ヴァルフェンは重ねてそんなことまで提案してきた。座ったまま隊服の裾を軽く捲《まく》り上げ、長剣を帯びていたのとは反対側の腰元を見せてくる。そこには、似たような細工が施《ほどこ》された、短く細い剣が帯剣されていた。

どうするって……そうしたら、丸腰になるでしょうに。

数刻前まで敵だった、油断ならない相手なのに、ついそんな心配までしてしまう。

彼がどの程度武器を携帯しているのかはわからないが、一見して他にそれらしきものは窺《うかが》えない。メインである長剣を渡している時点で、まず騎士としてどうなのかと思うものの。

「……私が、これで貴方《あなた》に危害を加えるとは思わないの？」

寝込みを襲われると、考えないのだろうか。それとも、対処できるという自負があるのだろうか。

私なら、つい数刻前に出会った人間に刃物を渡すなど到底出来ない。それがたとえ、小さな子供であったとしてもだ。

「別に思わん。というより、したけりゃすればいいさ。でもあんたは、そういうのじゃないと思ってる」

何それ、どういう理屈よ。

意味のわからない返答に、じっと様子を観察すると、また緩《ゆる》い微笑みを返され、面食らう。

輝く銀色の髪が、葉の隙間から差し込んだ夕日に染まり、赤くなっていた。

やっぱり変な男。

諦めにも近い気持ちでそう思いながら、この剣をどうしたものかと考えた。ヴァルフェンはといえば、もう用は済んだとばかりに地べたへ寝っ転がっている。白地の隊服に、土が薄く付着しているのが見えた。

持っておけって言うんだから持っておこうかしら。なんだか変な展開だけど。

私はそれ以上は口にせず、彼の剣を自分の傍《かたわ》らにそっと置いた。

確かに剣が相手の手にあるのと、自分の手にあるのとでは気持ちの持ちようが全く違う。まあ彼は、予備の短剣があると言っていたし、身のこなしからしても、本来はまだ警戒が必要なのだろうけど。

しかし、寝っ転がりながらこちらを眺めている顔を見ると、なぜかそんな気も失せてしまう。私はいつからこんなに楽天的な人間になったのだろうと考えたところで、あることを思い出した。

そういえば。一つ、忘れていたわ。

それについて告げるかどうか迷ったが、黙っているのも気が引けて、私は彼から目線を逸らし、森の奥を見ながら唇を動かした。面と向かっては、言いづらかったのだ。

「……言い忘れていたけど」

「ん、どうした」

私は少し離れた場所から真っ直ぐ向けられる視線を感じつつ、簡潔に口にした。

「……さっきは一応、助かったわ。有り難う」

言った瞬間、彼が息を呑んだ気配がした。あら？　と思い目を向けると、眉を顰《ひそ》め渋い顔になったヴァルフェンが、困ったように頭をがしがし掻《か》いていた。

……なぜ、そんな表情をするのだろう。

訝《いぶか》しんでいると、ヴァルフェンは撥《は》ねた銀髪を揺らし頭を振る。

「別に、礼はいらないさ。そもそも俺はあんたを殺しに来たんだからな」

その態度に、私はわざとツンと澄ましてみせた。

別に助けてくれたからといって信用したわけではない。ただ単に、このまま何も言わないのは私の性に合わないだけだ。

「それでも、助かったのは事実よ。この礼は私の自己満足でもあるの。いいから黙って聞いておいて」

少し強めに言うと、ヴァルフェンは渋面を少しだけ和《やわ》らげ、口元を緩めた。

「エレニー」

そして唐突に、人の名を呼んだ。

「……何よ」

先程も呼ばれたが、その呼び方を許した覚えはないのでジト目で睨《にら》む。すると、再び喉奥で笑う声が聞こえた。

「あんた、やっぱりいいな。よすぎるくらいだ」

――は？

と、つい聞き返しそうになったけれど、すぐにヴァルフェンは背中を向けた。無言の背中が何やら嬉しそうなのは、私の気のせいだろうか。ついでに言えば、こちらから見える彼の耳が、少々赤く見えるような気もする。夕日はもう、ほとんど沈んでいるのに。

何、今の。しかもどうして鼻歌なんて歌い出してるの、この男は。

じっと彼の背中を見つめてみたけれど、上機嫌な背中越しに、早く休んだほうがいいぞと繰り返される。なので私は仕方なく、目を閉じることにした。

誰かの存在を感じながら眠るなんて、いつ振りだろう。緊張で神経を張り詰めていたせいか、すぐに落ちていく意識の中で、私はそんなことを考えていた。

私が眠りに落ちた後、振り返った銀色の騎士が、こちらを見つめていたことにも気付かずに。

第二章　勘違い魔女は討伐騎士と旅に出る。

薪《まき》のはぜる音に、沈んでいた意識がふっと浮き上がる。

閉じた瞼《まぶた》越しに白い光が揺らめき、朧《おぼろ》げな意識の中で鳥達の囀《さえず》りが聞こえた。

……もう朝なのね。

ええと、確か今日は……ラシュコットの実を干して、それから……

目を開きつつも、ぼんやりとしたまま今日の作業について考える。すると、薄く開けた視界に二つの綺麗な蒼《あお》が見えた。なんだろうかとじっと目を凝《こ》らした途端、その蒼《あお》が楽しそうに輝く。

とても美しい色だと思う。私の故郷である東国エルファトラムの、大地の碧《あお》と空の青が交じり合ったような澄んだ色。あの騎士、ヴァルフェンの瞳もこれと同じ色をしていた。

って……、なぜかしら。今ほんの少しだけ、蒼《あお》い色がふっと細まった気がしたけれど。

そう気付いた瞬間、意識が鮮明になり、私はぱちりと目を瞬《しばた》いた。

「……」

「……」

正面のヴァルフェンと互いに、無言で目を合わせる。

というより、私はぴしりと音がしそうなくらい、固まっていた。

「ちょっと」

「ん？」

「何、してるのよ」

見つめ合ったまま、唇だけを動かし不満を告げる。すると彼は何が楽しいのか、再び蒼《あお》い双眸《そうぼう》を細めて笑いを零《こぼ》した。

……またなんで笑われてるのよ。私は。

しかも、どうして人の隣で、しゃがみながら頬杖ついてるの。いつからいたのよ。でもって、私はいつの間に横になって爆睡してたの……っ。

樹の根っこが背中に当たって痛いしっ、首なんて寝違えたみたいになってるしっ。

どうやら、自分で思っていたよりかなり消耗していたらしい。大して知らない相手が一緒にいるというのに、横になってローブに包《くる》まり朝まで熟睡していたようだ。少し休憩を取るだけのはずだったのに。正直、自分を殴りたい。

「何してたって、寝顔を見てたんだけど」

見てたって……！　全く答えになってないわよ！

「だから、なんで寝顔なんて見たがるのっ」

羞恥《しゅうち》を押し隠し、そのままの状態で再度問えば、ヴァルフェンは悪びれもせず「駄目だったか？」とのたまった。

駄目とか、駄目じゃないとかの話ではないと思うのだけど。

なぜ昨日会ったばかりの、しかも人の首に刃《やいば》を突き付けてきた男にそんなことをされなければいけないのか。

「他人の寝顔を盗み見るなんて、褒《ほ》められたことではないでしょ……って、貴方《あなた》、何を変な顔してるのよ」

続けて文句を言えば、ヴァルフェンは肩を震わせながら笑い声を零《こぼ》した。

彼の態度にむっとしていると、表情に出ていたのか、ヴァルフェンは私の顔を見て再度大きな笑い声を上げた。

先程から、やたらと笑いすぎである。本当に何か変な薬でもやっているんじゃないだろうか。

少し引いていると、彼がおもむろに私の頭へぽんっと掌《てのひら》を乗せてきた。馴れ馴れしいにもほどがある。

「いや、なぁ。そうまで大事に抱え込んでもらえたら、結構嬉しいもんだと思ってさ」

「は？　何を……」

無遠慮に頭に置かれた手を振り払おうとした時、またまた妙なことを言われて、動きを止める。

一体なんのことだ、と訝《いぶか》しみながら彼の視線の先——自分の手元を見て、私はその理由に気が付いた。

「〜〜〜〜っ！」

同時に、首から上へ一気に熱が集まっていくのを感じる。

今の今まで意識していなかったが、私は胸元に長い物体をぎゅうと両腕で抱き込んでいた。自分は、昨日彼から受け取った剣を、どうやら抱き枕代わりに抱き締めて眠っていたらしい。

「剣は、騎士にとっては命であり自分の分身とも言える。それをそうも大事に抱いてもらえると、流石《さすが》に照れるな」

「ばっ……っ‼」

馬鹿じゃないのっ！　と叱りつけようとしたところで、頭の上に置かれていたヴァルフェンの手がわしゃわしゃと乱暴に動き、髪を乱した。

女の髪を……！　やめろというに！

「やっぱ可愛いなぁ、あんた」

「か、かわっ……」

発言に驚く私にはおかまいなしに、ヴァルフェンは人の頭を無遠慮に撫《な》でながら破顔していた。

一頻《ひとしき》り笑った後、ヴァルフェンは私を促《うなが》し、眠りについていた樹から少し離れた場所へと連れ出した。躊躇《ちゅうちょ》しつつもついて行くと、ぱちぱちとはぜる焚《た》き火があり、驚く。

「これ……どうしたの」

呆気にとられる私を置いて、さらに数歩その場へ近付いたヴァルフェンが、焚《た》き火の上で沸々《ふつふつ》と煮えているものを目で示す。

「どうしたって、朝飯だよ。昨日から何も食べていないだろう？」

言いながら、彼は焚《た》き火の近くに置いてあったものを手に取った。

ご飯って？　いやそうじゃなくて、なんで木匙《きさじ》なんて持ってるのこの人。

貴方《あなた》、騎士でしょ。得物が違うでしょ。いや彼の得物は私が今も持ってるんだけど。

よく見てみると、焚《た》き火の上で煮えているものは、どうやらスープのようだった。

「呆《ほう》けてないで、こっちに来いよ」

驚いている私を横目に、ヴァルフェンはさっさと地面に腰を下ろし、昨日と同様に掌《てのひら》で自分の隣をぽんぽん叩いて座るよう促《うなが》した。

いや、こっちに来いと言われても。なんでこんなことになってるの。

昨日は何もなかったはずなのに、この場には火が焚《た》かれ、その上には器らしきものがあり、スープが用意されているのだ。しかも昨日、人に剣を突き付けた男の手には木匙《きさじ》が握られている。

正直、展開について行けず戸惑った。

しかし空腹だったのは本当で、迷っている間に匂いにつられた私のお腹が騒ぎ出し、ヴァルフェンに軽く笑われた。

どうして人間はお腹の虫を制御できないのかしらね……っ！

羞恥《しゅうち》と腹立たしさを感じつつも、私は招きに応じることにした。腹が減ってはなんとやらとも言うし、今後のことを考えれば少しでも胃に何か入れておかなければ。

なのでとりあえず、昨日と同じく一定の距離を開けて腰を下ろした。隣に彼の剣を置き、目の前にあるものを見る。

「……これ、どうしたの」

スープと木匙《きさじ》、ヴァルフェンの顔を順に見た私は再び同じ問いを口にした。

「ん？　ああ、作ったんだよ」

「作った？」

「そ。騎士なんかしてると、遠征だなんだって結構あるからな。野営することも多いし、追っ手から逃れて一人森で過ごす……なんてのもざらだ。このくらいなら自然と出来るようになるさ」

私の質問に答えながら、ヴァルフェンはこれまた別に作っておいたのだろう、木を削り出した器にスープを注いでくれた。熱いぞ、と一言添えて手渡されたそれを、素直に受け取る。

器を観察してみると、私も薬剤として使用したことがあるものが材料として使われていた。東の国では比較的よく見られる、茎《くき》が木質化するタイプの植物だ。温暖で湿潤《しつじゅん》な地域に自生し、成長が早く加工しやすいことから籠《かご》や食器として利用されている。

しかも、生《は》え始めのものは柔らかいので、食用にもなるというなかなか万能な種だ。

「これ、テンモントウの茎《くき》で作ってあるのね。確かに火に強いし、耐水性にも優れてるわ……」

「よくわかったな。流石《さすが》薬師をしてるだけはある」

ヴァルフェンが、大きく頷く。

「ほらこれ。結構いい出来だろ？」

ヴァルフェンが得意げな顔で差し出したのは、同じくテンモントウの茎《くき》で作った先程の木匙《きさじ》だった。綺麗に丸く切り出されていて、表面も滑《なめ》らかなことから、ちゃんと鑢《やすり》がけもしてあるらしい。

なんだか、すごく手が込んでいる気がする。

「別に毒なんて入ってないから、安心して食べろよ」

スープと匙を手にしたまま動かない私を、不審がっているのだと勘違いしたのだろう、ヴァルフェンが自分の分を用意しながら、子供をあやすみたいに言った。

正直なところ、何かを仕込まれる可能性を考えなかったわけではないけれど、これでも私は薬師。しかも魔女の血を受け継ぐ者でもある。わざわざ彼へ説明するつもりはないが、何か入っていればたとえ無味無臭のものでも気付ける能力を持っているのだ。

けれど、ヴァルフェンが作ってくれたスープからは、そんな不穏な気配は一切感じられなかった。

「……いただきます」

「ああ」

既に食べ始めている彼の前で、私もスープを口にした。途端、口内に根菜と茸《きのこ》類の味、そして器になっているテンモントウの優しい香りが広がり、昨日のお昼から何も食べていない空《す》きっ腹《ぱら》に染み入るようだった。

「美味《おい》しい……」

普段自分が作っていたものに似た恵みの味に、知らず言葉が零《こぼ》れる。誰かが作ってくれたものを口にすること自体が久しぶりで、不思議な懐かしさとくすぐったさを感じた。

なんて言えばいいのかしら。彼がこれを作ったっていうのも意外だけど、こうやって落ち着いて過ごせている私自身も意外だわ。

でも……この人ずっと笑顔なんだもの。あ、ほら、また嬉しそうな顔してる。

私の感想が嬉しかったのか、ヴァルフェンは満足そうに頷き、既に平《たい》らげていた器に二杯目のスープを注いだ。

「口に合ったみたいでよかった。何しろ食材に毒がないかどうかは気にしているが、味なんかは二の次だからな。戦場《いくさば》じゃ、とりあえず腹に入ればいいという考えだし」

スープを凄《すご》い勢いで掻《か》き込んで、ヴァルフェンが笑みを浮かべて話す。恐らく彼は、何度もこのスープを口にしたことがあるのだろう。笑顔で語る彼の言葉に、嘘があるようには見えなかった。

長閑《のどか》な場所で薬師をしていた私には知り得ない話ではあるけれど、彼が身を置いていたのが厳しい場であったろうことは想像できる。出会ったばかりで信用も何もないが、少しだけ彼の背景を垣《かい》間見《まみ》て距離が近づいた気がした。

「これだけできれば十分よ。でもこれ、結構手間がかかったんじゃないの？　貴方《あなた》もしかして昨夜からずっと……」

薪《たきぎ》集めに火起こし、食材採集、簡易食器の作成。火の用意に関しては、獣避《けものよ》けの意味もあったのだろう。これだけの用意をするとなれば、一刻やそこらでは足りないはずだ。私が眠っていた間に、彼は相当動いていたらしい。

そんな中、様々な準備をすっかり失念していた上、気付かず爆睡していた自分は一体なんなんだ、と思うが、ひとまずそれは置いておく。

「まあ、見張りの合間に作るくらいわけないさ。仕事柄、眠らないのには慣れてる。それよりも……」

途中で言葉を切り、ヴァルフェンは手を止めて私にじっと視線を向けた。私も手を止め、言葉の続きを待つ。

「あんたは、これからどうするんだ？　国を出ると言っても、あてはあるのか？」

「……そうね」

さっきまでとは打って変わって、ヴァルフェンが真剣な表情で切り出した。予想出来ていた問いかけに、私は視線を落とし、再び彼を見る。

言うべきか、言わざるべきか、一瞬迷う。しかし、結局は口を開いた。

「北の国ホルベルクへ。ロータスが言っていたでしょう？　あちらに一人、生き残りがいると」

行先を告げたのは、彼の出方を見たかったからだった。一体、どう出てくるのか。

「そういや、そんなことを言ってたな。なるほど……ホルベルクか。そうか……」

「で、貴方《あなた》はどうするつもりなの？」

何やら思案しながらぶつぶつ呟き出した彼を遮《さえぎ》って、今度は私が尋ねた。王命に背《そむ》いた以上、彼は王都へ帰ればただでは済まないだろう。かといって、付いてこられても困るのが本音だ。

「もちろん付いていく。駄目か？」

「駄目に決まってるでしょ。昨日助けてもらったのには感謝してるけど、そこまで行動を共にするつもりはないわよ。貴方《あなた》、あてがあるって言ってたじゃない。高位貴族の友人がいるとかなんとか。そこに行けばいいでしょう」

昨日の話を引用して返せば、ヴァルフェンはまるで耳と尻尾を下げた犬みたいにしゅんとして、低く唸《うな》った。大の男のそんな仕草に妙な罪悪感が湧き上がり、思わずたじろぐ。

って、違う違う。違うわよ。おかしいことを言ってるのは彼だから。私は何も悪くないはず。多分。いやきっと。

「いや、でもなエレニー。俺はあんたと一緒にいたいんだよ」

「だから、それが意味わからないって言ってるのよ……」

またそれか、と溜息を吐けば、目尻と口角の両方を下げ、悲しそうな顔をされてしまった。

いやだから、なぜ私が悪いみたいな空気を出すのか。むしろ聞きわけが悪いのは彼の方だし、ここまで粘《ねば》られたら、なおさら不信感を抱いてもおかしくないだろう。

まあ、最初からずっと信用できないと思っているけれど。

「こんなにわかりやすくアピールしてるじゃないか、あんたに一目惚れしたって。惚れた相手の傍にいたいと思うのは、人として当然の心理だろ？」

「それって相手の意思を無視してたら、ただの付き纏《まと》いって言わないかしら……」

「まあまあ、細かいことは気にするなって」

「気にするわよっ！」

駄目だ。これでは堂々巡りにしかならない。かといって、ヴァルフェンは私から離れる気がなさそうだ。特に嫌悪感を抱く相手ではないが、信用できない以上、引っ付いてこられるのは正直ごめんこうむりたい。そう思っていたら、ヴァルフェンは空《あ》いた皿を焚《た》き火に投げ込み、ぽんっと掌《てのひら》を打った。

何か閃《ひらめ》いたらしい。あまり期待は出来ないが。

「なら、俺をホルベルクまでの護衛として雇うっていうのはどうだ？　その代わり、着いた後は決してあんたに近付かないし、離れると誓う」

「や、雇う……？　貴方《あなた》を……？」

言われた意味がわからなくて、一瞬頭が真っ白になる。この男はいちいち脈絡のないことを言ってくるから、咀嚼《そしゃく》するのも一苦労だ。

私が訝《いぶか》しんでいるのに気付いたのか、ヴァルフェンは未《いま》だ私の隣に置いてある自分の剣を指差して「傭兵《ようへい》代わりにさ」と告げた。

「いくらこの国でも、女の一人旅は物騒だぞ」

「ちょっと待ってよ、なんでそうなるのよ？」

視線に力を込めて問うも、ヴァルフェンは意に介さぬ様子である。

「俺があんたを一人にしたくないんだ。あ、でも安心してくれ。さっきも言った通りホルベルクに着いたら、ちゃんとそこで別れるからさ。後を付けたりもしない」

いや、そうではなくて。その理屈は何かおかしくないかしら。なんだか丸め込まれている気がするんだけど気のせいか。というより、付いてくるか傭兵《ようへい》かって、それもう選択肢の意味がないじゃないの。

……この男、人がちょっとしおらしくしてたら調子に乗って……

言葉尻から、断ったところで問答無用で付いてくるという意思を感じた。

成り行きで共に逃亡することになったとはいえ、騎士に付き纏《まと》われるなど冗談ではない。そもそも、この男は私を討伐しに来たのだ。そんな人間と行動したがる者がいるだろうか。

「あのな、エレニー」

内心憤慨《ふんがい》しつつ睨《にら》み付けていると、ヴァルフェンは軽い溜息を吐いてから私を呼んだ。

「何よ」

何度も気安く名を呼ぶな、と威圧を込めて視線を送ったというのに、ヴァルフェンは真摯《しんし》な瞳で私を見つめ返す。

「イゼルマールは、他国に比べれば確かに情勢は安定している。だが、それでもこの辺りは中央の目が届いていないから女は一人で遠出をしたりはしない。あんただけじゃ、悪目立ちするぞ」

「そ、それは……」

痛いところを突かれ、一瞬言葉に詰まる。それについて全く考えなかったわけではないが、普段の生活が平穏だったため高を括《くく》っていたのだ。正直なところ、長閑《のどか》な場所で暮らしていた私は、この国の情勢には疎《うと》い。しかし、他の領地でもキルシュがやっていたような貴族の蛮行がまかり通っているとなれば、道中一人でいるのは危険かもしれない。

「まあ、俺としては、別にホルベルクに行かなくても、あんたといられればどこでもいいんだけどな」

……ちょっと待て。

真剣な表情を一変させ口の端を上げながら言うヴァルフェンに、一瞬で戸惑いが憤怒《ふんぬ》に切り替わる。こちらは真面目に考えていたというのに茶化されて、怒るなという方が無理だろう。

「いい加減に……っ！」

「――あんたから、目を離したくないんだ」

そう告げられて、ぶつけるはずの言葉が飛んだ。澄んだ瞳でじっと見据えられ、身体が動かなくなる。そこで、私はやっと彼の言っている意味を理解した。

ああ……なるほど。つまり、彼は私の監視をしたいということか。それならば納得できる。

そうではないかと思ってはいたが、やはりそういうことらしい。だから惚れただなんだのと、わけのわからないことを言い、懐柔《かいじゅう》しようとしていたと。

しつこく食い下がってきたのも、そのためだろう。でもそれなら、隠れてこっそり後を付けた方が都合がよさそうにも思えるけれど……。表だって一緒にいなければいけない理由でもあるのだろうか。

……ここまで言ってくるってことは、あるのかしらね。

そこまで考えた時、どうしてか、胸の奥からざわりとした感情が滲《にじ》み出てきた。自分の感情の不可解さに眉を顰《ひそ》めたところでヴァルフェンに声をかけられ、はっと我に返る。

「どうした？」

「い、いいえ。なんでもないわ」

一瞬生じた不思議な感情は、今はもう鳴りを潜《ひそ》めている。とりあえず私はそれを頭の隅に追いやり、彼に返答した。

「わかった。貴方《あなた》を雇えばいいんでしょ。ただし、報酬はホルベルクに着いてからよ。流石《さすが》に今の状況じゃ、手持ちの資金では足りないわ」

信用はしていないが、雇わなかった場合に気配を隠して付いてこられても困るし、出来るならちゃんと報酬を払い、対等な関係でいたいと思う。報酬に関しては、少しなら手持ちがある。あとはローブの内袋に入れてある染料などを街で売ればどうにか賄《まかな》えるだろう。辺境地といえど薬師として生活していたため、ある程度の相場は把握している。

道中で資金を調達してからの支払いになることを伝えると、ヴァルフェンはなぜか驚いたような顔をして、蒼《あお》い瞳を見開いた。

「あ、ああ、それは全然構わんさ。むしろ無理矢理みたいなもんなのに……」

そう言うと、戸惑った素振りで頬を掻《か》く。

……自分で雇えって主張しといて、報酬を払うって言ったらそんな顔をするって、どういうことかしら。

まるで、金銭のことなんて頭から抜け落ちていたと言わんばかりだ。たとえ思惑があるとしても、そのくらいの体裁《ていさい》を整えることは考えていると思っていたのに。

でも、無理矢理話を進めたっていうのは、認めるのね。

実直な性格のようだから、さすがに罪悪感を感じたのかもしれない。目を泳がせている彼を見て、私はつい堪《こら》え切れずに笑ってしまった。

隙のない、手練《てだ》れの剣士の動きをするかと思えば、突拍子もなく人を担《かつ》いで逃げてみたり……惚れただのなんだのと、わけのわからないことを言うと思ったら、やたら生活力が高かったり。それに裏があるとわかっていても、ころころと変わる表情を見るのは、結構面白かった。

本当に、変な男だと思う。

でも……やっぱり嫌な気はしないのよね。不思議と。

まだ顔を合わせてさほど経っていないというのに、私はなぜかそんな風に感じていた。

「これからよろしくな」

「……ええ」

そうして、私は銀と蒼《あお》を持つ騎士と旅路につくこととなったのだった。

「ところで、なんで故郷の東国へは戻らないんだ？」

食事の後片付けをしていたヴァルフェンが尋ねてきた。起きた時より少し高くなった太陽の作る木漏《こも》れ日が、彼の銀色の髪に反射している。恐らく日の出から三刻程度経過しているだろうか。

まあ、片付けといっても、使ったものを全て集め、燃えるものは焚《た》き火にくべ、他は上から土をかけているだけだったりする。

自然由来のものしか使ってないので、こうしておけば虫や動物によって森に還してもらえるからだ。

よく出来てたから少しもったいない気もするけど、そう思うのは私が貧乏性だからだろうか。

けれど荷物を増やすわけにもいかないので仕方がない。それに、作った当人も気にしていないようだった。

「私達一族は、東国のはずれにある集落で暮らしてたの。でも六年前に全部焼かれて、今あるのはお墓くらいのものなのよ。だから逃亡先としては、もう一人の仲間がいるっていうホルベルクくらいしかないわ。南国ドルテアは、進んで行きたい国じゃないし」

私の故郷があった東の王国エルファトラムと、ここ西の王国イゼルマール、そして北の王国ホルベルクに並び、南の王国ドルテアという国がある。正直、この国には一番関わりたくない。

ドルテアは侵略国家として名高い国で、未《いま》だ奴隷《どれい》制を廃止しておらず、人身売買も盛んなのだ。

そんな物騒な国には、誰も行きたいとは思わないだろう。

「なるほどな……だったら――」

私の説明を聞いたヴァルフェンは、しばし考えるそぶりを見せた後、ホルベルクへの国境越えの方法をいくつか提示してくれた。

まず、国と国の境界には、一定の距離ごとに砦《とりで》が作られているらしい。

しかし森を抜け、砦《とりで》の隙間を抜けて国を出る方法があるそうだ。けれどその場合、通国証という手形がもらえないので、渡った先の宿には泊まれない。

私が六年前にイゼルマールへと移った時は、移住したい領地の管理人――キルシュの父ダイサート子爵に申告をし、すぐに認めてもらったので、入国後に手続きをするだけで済んだ。

けれどホルベルクは出入国について慎重で、通国証がなければ表を歩くことも出来ない。

ヴァルフェンが反逆したことを国に知られるまで、つまり討伐騎士達が王都に戻り、レグナガルド家が貴族位審判会によって裁きを下されるまでは数日の猶予《ゆうよ》があるそうだ。

その間に通常通り国境を越え、通国証を手にすることが出来れば、私達は何食わぬ顔で隣国へと渡れるらしい。

イゼルマールで手配されているからといって、ホルベルクでもそうなるかといえば、それは違う。他国での手配はあまり重視されておらず、渡った国で悪さをしない限り、その国において手配されることはない。

俗に言う高飛びよね。自分がやる羽目になるとは思わなかったけど。

ヴァルフェンの説明を聞き終わり、私が取った選択はやはり、通常通りに国境を越えることだった。

「了解した。なら俺はその道筋の護衛ってことで」

その旨《むね》を伝えると、彼は大きく頷き、私をまじまじと眺めてくる。

それに、私は呆れ気味に嘆息する。普通、男性が女性をこんなに何度も不躾《ぶしつけ》に眺めたら、大抵の人間は怒りを露《あら》わにするだろう。けれど私がそうしなかったのは、彼の蒼《あお》い目になんの悪意も感じられなかったからだった。出会った時と同じで、ただ単に興味津々《きょうみしんしん》なだけのように感じる。

しばし人のことを眺めた後、彼は指先で自分の頭を差した。どうやら髪を示しているらしい。

髪？　髪がなんだって言うの。

不可思議な動作に首を傾げて見つめ返したところ、柔らかい笑みを向けられてびくりとする。

「あんたの髪。昨日見た時にも思ったが、綺麗な色だな。紫紺《しこん》って言うのか？　瞳と揃いで……よく似合ってる」

「な、何言って……！」

唐突に褒《ほ》められて、焦るやら恥ずかしいやらで頬が熱くなった。

確かに今、私はローブの頭巾を下ろし、腰元まである髪を垂らしている。普段は作業の邪魔にならないよう押し込んでいるが、今日は風もない穏やかな天気だし、傷《いた》まないよう外していた。

しかし、脈絡がないにもほどがある。さっきの会話のどこに、私の髪に関係する部分があったというのか。

……なんだか調子が狂う男だわ。下手なことを言わないよう、注意しなければ。

「なあ」

「何よ」

そう心に誓ったところで、真剣な声をかけられ、視線を戻した。

するとヴァルフェンは真正面から私を見つめる。あんまりにも真っ直ぐな目をしているものだから、ついたじろいでしまった。

「やっぱ気になるから、聞いていいか」

「……答えられることなら」

行き先の他に問いたいことがあるらしい。なんとなくだが、彼が何を言うか想像はついていた。

「俺は、東の魔女一族は六年前に滅んだと聞いていたが。一体どういうことなんだ？」

予想していた通りの内容に、やっぱりねと思いながら溜息を吐く。

彼がどこまで知っているのかわからないけれど、とりあえず話を続ける。

「……ドゥマラ＝エルファトラムの乱心。この話自体は、貴方《あなた》も耳にしたことがあるでしょう？」

「まあ、一応は」

私の出した名に、ヴァルフェンは眉を寄せ肯定を口にした。

今を遡《さかのぼ》ること六年前。

東国の王であった先王、ドゥマラ＝エルファトラムは、魔女一族との古き誓いを破り、私達の住む集落を突如襲撃した。

その理由は実に人間らしい勝手なもので、私達一族が持っていた知識と力を利用するため、そしてそれらが他国へ流れるのを恐れてのことだった。

「私達一族は元々争いを好まないの。だから東国の民《たみ》とは遙《はる》か昔から共存し、不可侵の密約を交わしていた。けれど先王はそんな私達を利用しようとして、拒否されたことで集落を攻めたのよ」

「利用？　魔女の持つ力ってのはそんなに凄いのか」

「まさか。戦《いくさ》を嫌う一族だもの。それに魔女なんて言っても、ほとんどの者は小さな火をつけたり、それを消すための水を出したりする程度の魔力しか持ってないの。戦いなんて興味ないから、修練もしなかった。それでも魔女っていうだけで不安に思う人もいるから、普通の人間に畏怖《いふ》されないよう、閉鎖的な集落で暮らしていたくらいだし。けれど先王ドゥマラが恐れたのは、魔力よりも私達の持つ薬学の技術と知識の方だったの。私達への不干渉を条件に、東国の王家には魔女一族からの恩恵が与えられていたのだけれど、それをもっと活用したいと思ったのでしょうね」

「薬学？　そんなもんのために、集落を滅ぼすまでいくものなのか……？」

信じられない、といった調子で彼が言う。

その様子を見て、やはり彼は知らないのかもしれない、と少しだけほっとした。

「まあ、使いようによってはね。よく言うでしょう？　薬も過ぎれば毒となるって。それに薬学と言っても、分野は多岐に渡るわ。金や銀、銅、鉄とかの金属や鉱石についても知識があるの。先王ドゥマラは歴代の王に比べて好戦的だったから、他国の侵略を狙ってたんでしょうね」

ヴァルフェンにそこまで語りはしないけれど、私達が持っていた知識の中には、人に害をなせるもの――それ一つで大国を滅ぼしかねない毒薬、『暁《あかつき》の炎』と呼ばれる秘術がある。

けれど、それの調合法を記した禁忌の書を持つのは魔女の族長に限られていたことを、先王ドゥマラは知らなかった。

だから、命尽きるまで白状しなかった族長と私達一族への腹いせに、集落を焼き払ったのだ。自《みずか》らの意に従わないものを罰し、そして手に入らなかった知識と技術が、他国へと渡ることのないように。

「なんだか……理不尽にもほどがある話だな……手前勝手に利用しようとして、拒否されたら、ほぼ皆殺しか。東国の歴代の王は皆温厚な人物だったと記憶してるが、なぜ先王ドゥマラだけがそんなになっちまったんだろうな」

「さあ……ただ、南国ドルテアと関わってたというのは、当時も噂《うわさ》されてたわね」

「またあの国か。本当に、昔から碌《ろく》でもないことしかないな、あそこは」

吐き捨てるみたいに言うヴァルフェンに、疑問が湧いて首を傾げた。ドルテアはイゼルマールとも度々小競《こぜ》り合いを起こしていると聞いているけれど、彼の言葉にはそれ以上の含みがあるように思えたからだ。

私が不思議がっているのに気が付いたのだろう、ヴァルフェンが、彼には似合わない自嘲《じちょう》めいた笑みを浮かべた。

「俺の家は今でこそ男爵の位を戴《いただ》いているが、元は平民でな。しかもここからは反対側になるイゼルマールの南、ドルテアとの国境沿いにある街で、商人をしてたんだ。けどドルテアに侵略されて、街は壊滅《かいめつ》。その時生き残ったレグナガルド家初代は、王国士隊の平民騎士となった。んで、その後二年ほどで頭角を現し、ドルテア相手の防衛戦で武勲《ぶくん》を立てて今に至るってわけだ」

なるほど。ならばドルテアと彼の家は、ある意味切っても切れない縁があるというわけか。何しろ、家の成り立ちに関わっているのだから。けれど、誇るべき話であるはずなのに、なぜかヴァルフェンの表情は曇《くも》っていた。

それにしても、どうしてこんな話をしてくれたのか。私の過去について聞いたものだから、自分も話してくれたのかしら。

なら……もうちょっと突っ込んで聞いてみてもいいかしらね。

私はこの突拍子もない変な騎士のことを、少しだけ知りたいと思った。

「あまり、誇っているようには見えないわね」

私がそう言えば、ヴァルフェンは眉を下げて困惑しているみたいな表情を見せた。

「まあな。おかげで、ドルテアとの小競《こぜ》り合いには毎度前線に駆り出される。どうせ誰かがやらねばならんから、俺は別に構わないんだが、どうにも部下に悪い気はするな」

悲し気な笑みを浮かべて言う姿に、胸がぐっと押された気がした。

……もしかすると、彼の下についた部下に、怪我を負った者や命を失った者がいたのかもしれない。

彼の蒼《あお》い瞳に薄い影が揺らめいているのを見て、そう考えた。

「そういや、考えなかったのか？」

ヴァルフェンが、真摯《しんし》な瞳で私を見据える。問いの意味を察しつつも、私はわざと聞き返した。

「何を？」

「……復讐《ふくしゅう》を」

告げられた言葉に、ふっと空気が止まる。

それ、聞くのね。まあ、貴方《あなた》は聞くタイプだと思ったけど。

内心呆れながら、聞かれても仕方がないかと諦めた。申し訳なさそうに下がった銀色の眉が、なんだかおかしいとさえ感じるくらいだ。それに、これから旅路を共にする者として、相手を知るためのやりとりをすることは間違ってないだろう。

……これくらいなら話してもいいか。

そんなことを思いながら、私は彼の質問に答えた。

「考えなかったと言えば嘘になるわ。だけど、恨みの行き先がなくなれば、流石《さすが》にどうしようもないじゃない」

そして、両肩を竦《すく》める。確かに生き残った同族の中には、ヴァルフェンが言ったようなことを考えた者もいたかもしれない。

けれど誰一人として実行していないのは、私と同じ理由だと考えている。

「確か、息子の王太子による謀反《むほん》で、先王は処刑されたんだったか」

「ええ」

東国の王であったドゥマラ＝エルファトラムは、皮肉にも、実の息子である王太子によってその首を落とされた。先王の企《たくら》みに気付いた王太子は、制止しようとするも投獄《とうごく》され、私達の集落が襲撃を受けている間に隙をついて助け出されたらしい。

彼を助け出した人間。それが、襲撃から逃れた『一族の生き残り』かもしれないことは当時も耳にしたものの、定かではなかった。

「王家や東国そのものは、憎くないのか」

「別に許したわけじゃないわ。でも現国王となった王太子は先王ドゥマラを裁いた後、殺された一族の墓標を作ってくれた。しかも一人一人調べて名を刻んでくれたのよ」

「それは……」

「王族の割に律儀よね。まあ先王ドゥマラの代がくるまでは、東国の王族と私達の一族は親交が深かったから、王太子も思うところがあったのでしょう。だから私も、同族の生き残りも、散《ち》り散《ぢ》りになってひっそり暮らしているんだと思うわ」

イゼルマールへ移り住んだ後、一度だけ生まれ故郷に帰ったことがある。ドゥマラ王が天へ召されたすぐ後のことだ。

焼け跡となった場所には夥《おびただ》しい数の墓標が建てられていた。そして一面に咲き乱れる白いジャスワルの花。その美しい光景は、恐らく同族達の魂《たましい》を癒《い》やしたことだろう。

しかもそのジャスワルが植えられたのは、先王を弑《しい》した王太子の妃、現王妃による提案だったというのだから、色々と考えるものがある。

一度だけ目にした、今でもはっきりと思い出せる優しい風景を思い出していると、ヴァルフェンが再び口を開いた。

「そうか……なんというか、有り難うな」

……は？

「何よ急に」

「いや、思ったより詳しく話をしてくれたから、驚いたんだ。いい記憶とは言い難いだろうに。だから、有り難う」

「別に聞かれたから答えただけよ。貴方《あなた》だって、自分のことを話してくれたでしょう」

しばらく共に過ごす以上、一方的に情報提供させるのは不公平だ。だから説明したまでなのだが、予想外の感謝を受けて戸惑った。

やっぱり妙な男だわ。

何度目とも知れぬ感想を抱きながら、私は後片付けに精を出す銀色の騎士を眺めた。

「この場所自体、イゼルマールでもかなり北に位置しているからな。街道沿いに進んで二つ街を越えれば、国境まではすぐだ」

仕度を終えたところで、ヴァルフェンが考えるそぶりをした後そう告げた。太陽の光も大分高くなったところである。

街道ということは、主道を通っていくという意味だろうか。

「そんなに堂々と行っていいものなの？」

「今回の王命は比較的内密に通達があったものだからな。それに宵《よい》の士隊が絡んでいる。あいつらは国の裏部分を担《にな》っていることもあって大っぴらに動けない。だからむしろ堂々と移動した方があいつらも接触しにくいはずだ」

宵《よい》の士隊に何か思うところがあるのか、ヴァルフェンは眉根を寄せて説明した。

確かに、あの宵《よい》の騎士は彼とは明らかに纏《まと》う空気が違っていた。正直あまり相手にしたくない部類の人間だ。

「そういうものなの」

「ああ」

想定外ではあったが、万一の時、人混みに紛《まぎ》れることも出来るのでほっとした。大っぴらに動けないとなれば、追っ手が周囲の人間に害をなすこともないだろう。

「じゃ、そろそろ行くけど、大丈夫か？」

ヴァルフェンが、にっと笑みを作り、私に手を差し出す。

どういう意図かと思いながらその手を眺めていると、彼が苦笑を零《こぼ》した。

「足場の悪い森の中だし、手を引こうかと思ったんだが……いらぬ世話だったか？」

手は引っ込めずに、彼が言う。

なるほど。これはそういう意味だったのか。

合点《がてん》はいったが、正直なところ必要性を感じないし、そもそも生業故《なりわいゆえ》に野の道は慣れている。なので私は、差し出された手を、首を横に振って辞退した。

「別にいらないわ。慣れてるもの。というより、簡単に利き手を他人に差し出すべきじゃないと思うけど」

私の返答に、ヴァルフェンが驚いた顔をする。

何か変なことを言っただろうかと思案した途端、昨日と同じく大きな声で笑われ、私の方が面食らった。

「なんなの、急に」

「っく……いや、本当にあんた、いいな」

「はあ？」

支離滅裂《しりめつれつ》すぎる会話に、思わず素で反応を返してしまう。別に猫を被っているわけではないが、あまり砕けたやりとりをするつもりもなかったのだ。

本当にわけのわからない男だわ。変に気を回してくるかと思えば、突然笑い出すし。身の上話はしたけれど、それ以上に馴れ合うつもりはないって態度に出してるのに、変に近付いてくるし。

私は眉根をぐっと寄せながら、人の顔を見て楽しげに笑う騎士の横を早足で通り過ぎた。そんな私を見て、彼は銀の髪を陽光に輝かせ、大股で追いかけてくる。

……でもまあ、嫌な気分ではないかもね。

まだ出会って短くはあるが、恐らくヴァルフェンはそう悪い人間ではない。

すぐ傍に他人の気配を感じつつ、私はなぜか、懐かしい温かな感情を胸に抱いていた。

◇◆◇

ヴァルフェンの言葉に従い、森を抜けた私達は時折休憩を挟みながら街道を進み、一つ目の街に辿り着いた。

街の名はロマストリテ。イゼルマール北部に位置する、森と大きな湖に囲まれた豊かな街である。

「人が、多い……」

目の前に広がる光景に、思わず感嘆の声が漏《も》れる。街の大通りの左右には、所狭しと出店が立ち並び、食料品や日用品など、多種多様な品物が売られていた。恐らく大通り兼、市場《バザール》になっているのだろう。

「ここはイゼルマールの北にある街の中でも、かなり大きな方だからな」

行き交う人々を眺めていると、ヴァルフェンが説明をしてくれる。

なるほど。だからこんなに人がいるのか。

柄にもなく浮き足立ちそうな心を落ち着かせながら、内心頷いた。

何しろ、故郷を離れてからほとんど一人で過ごしていたのだ。住処《すみか》にしていた場所は村外れだったし、村人との交流は必要最低限しかなかった。それに村というだけあって、住まう人の数も限られていた。だからこれほど多くの人を見たのは久しぶりで、つい衝撃を受けてしまったのだ。

「それで、街でどうするの？」

そう問えば、ヴァルフェンは歩みを止め、突然私の腕を引っ張った。

「え、ちょ、ちょっと……っ！」

それから街の大通りを外れ、横道に入り込む。細めの道にはあまり人影がないけれど治安が悪そうには見えない。恐らく大きな通りのすぐ傍だからなのだろう。彼は横道を少し進むと、私の手を放し、すっと背中をこちらに向けた。

「……なんのつもり？」

警戒し、昨日と同じ台詞《せりふ》を口にする。するとヴァルフェンは「ちょっとな」と言いながら、何やら自分の隊服をごそごそいじり出す。

それを見て、私は仰天した。

何をするのかと思ったら、なぜか彼は騎士服の上衣を脱ぎ始めたのだ。

……って、ちょっと……！　横道に入ったっていっても、ここは街の中なのに、急に何をしているの。

あまりに驚いて、ぽかんとしていたが、はっと気が付き慌てて止める。

「あ、貴方《あなた》、何してるのっ！」

慌てて叫べば、ヴァルフェンはくるりとこちらに振り返り、上衣を脱いだ姿――下に着ていた首元までのシャツ姿で私を見下ろした。ぴたりとした布地越しに、浮き上がった筋肉の形が見て取れる。それが妙に気分を落ち着かなくさせたが、ぐっと堪《こら》えて返事を待った。

「何って、脱いだんだよ。見ればわかるだろ」

いや、それは知っている。私は、なぜ突然脱ぎ出したのかと問うているのだが。

話が通じていないことに、苛立ちが湧く。

だからなぜ脱ぐのか、と続けようとしたところで、ヴァルフェンが口を開いた。

「この隊服、目立つだろ」

「あ……」

言われて、やっと納得がいった。確かに、これから身を隠しつつ国境に向かうというのに、そのままの格好では目立ちすぎる。見つけてくれと言っているようなものだろう。彼が脱いでいたのは、騎士然とした服装を誤魔化すためだったのだ。

私が呆然としている間に、白地に蒼《あお》の差し色が入った騎士服は彼の腕でぐるぐるにされて、中の色が見えないよう裏地側を表にして纏《まと》められていた。

ぴたりとしたシャツに、下衣は白いズボンとブーツ。確かに、これなら一見して騎士だとはわからない。腰元にある剣も、柄《つか》か鞘《さや》に何か巻き付ければ傭兵《ようへい》と区別がつかないだろう。

「あんたも気付いてただろ？　俺だけじゃなくあんたも街の人間に、珍しげに見られていた」

それは確かに、と彼の言葉に頷いた。この街へ入った直後に感じた、いくつもの視線。特に悪意などはなさそうだったので、地元の人間ではないことに気付かれたのかと軽く考えていたけれど。どうもヴァルフェンの反応を見る限り違うらしい。

「……理由がわからないわ。私、何か変なの？」

「多分、その服だな」

「服？」

内心首を傾げつつ自分の姿を見下ろす。

私の服装は昨日、薬草畑にいた時と同じで、故郷にいた頃から着ているものにローブを羽織《はお》っただけという格好だ。彼のように騎士服というわけでもないし、野宿をした割にはあまり汚れていないので、特に問題はなさそうに見えるが……

「これじゃ駄目なの？」

単純にわからなかったので素直に問う。駄目だと言われたところで、手持ちの服はこれしかないものの。

それに、路銀はホルベルクに着いてからのこともあるので、なるべくとっておきたかった。むしろ香料や染料を売って増やしたいくらいなのだ。かと言って、目立つのもよくない。

考えあぐねていると、ヴァルフェンが今来た大通りの方を指差した。そこを歩くのは子供や老人が主だったけれど、私よりも若いか同じくらいの年頃の女性達も、友人らしき人と連れだって歩いていた。

「駄目って言うわけじゃないが、その下に着てるの、東国の衣装だろう？　綺麗で俺は好きだが、ここらじゃ見ない型だ。それにローブも旅用に着るには長すぎるから、悪目立ちしてるんだろ」

「……なるほど」

周囲から視線を向けられていたのは、私の格好が物々しかったせいらしい。足元まであるローブに、ここらでは見ない型の長衣ともなれば、人目を引いても仕方がないのかもしれない。

昔から着慣れているものだし、長いローブは日焼けせずに済むから、私は好きなのだけど。

一人辺境で暮らしていたせいか、服装には無頓着《むとんちゃく》だった。しかし、どうすればいいのだろう。手持ちはこれしかないし、新しく買うのはどうにも気が引ける。

「す、すぐに街を出れば別にいいんじゃない？」

渋る私に、ヴァルフェンは唇を真一文字に結び、眉間に皺《しわ》まで刻んで首を横に振った。

いや、どうしてそんなに凄《すご》まれなきゃいけないの。

一応わかってはいるのよ。街に馴染《なじ》むように相応の格好をした方がいいだろうってことは。

そう言い募《つの》ろうとしたけれど、突然身体がふわりと浮いたせいで、反論が喉の奥に引っ込んだ。

「きゃあっ!?」

急に高くなった視界に、焦りと羞恥《しゅうち》で悲鳴を上げる。これはそう、確か巷《ちまた》でお姫様抱っこと呼ばれるやつだ……！

ななな、なんでまた私、担《かつ》がれ……っ！　じゃない、抱きかかえられてるのっ!?

「金は俺が出す！　いいから行くぞ」

「ちょ、ちょっと……っ！」

戸惑う私に構わず、問答無用で大通りに戻ったヴァルフェンは私を抱いたまま、ずんずんどこかに向かって歩く。街行く人々の視線を感じて、私は慌てて顔を伏せ、頭巾を深く被って身を隠した。むしろ、こっちの方が悪目立ちしてるんじゃないの……！

そう怒鳴りつけたくなったところで、彼の足が止まったので顔を上げた。目の前には、大店《おおだな》と言って差し支えないほど立派な商店がそびえ立っており、入り口からは女性の服が並べられているのが見える。

ヴァルフェンは私を抱いたまま、その店の中へ足を踏み入れた。途端、色とりどりの絹糸で織《お》られた衣装が目に入る。柘榴《ざくろ》の粒を思わせる鮮《あざ》やかな紅《くれない》に、新緑と空の色を混ぜたような清廉《せいれん》な蒼《あお》、そして翡翠《ひすい》に似た深い碧《あお》など。驚いてぽかんと口を開ける私を、ヴァルフェンがそっと地面に下ろした。

人里離れた地で質素かつ静かに暮らしていた私にとっては、まるで色の濁流《だくりゅう》に呑まれたかのような心地だった。

こんな虹《にじ》の海みたいな中で、一体どうすればいいのよ……

私は途方に暮れていた。普通の街娘なら心躍《こころおど》りもするのだろうが、生憎《あいにく》私はそういったこととは無縁に暮らしてきた。どこから見ればいいのかわからないというのが本音である。

服を選ぶにしても、あまりにも流行遅れだったりすると今よりもっと悪目立ちする可能性もあるだろう。

困惑と戸惑いで固まっていると、ヴァルフェンが軽く肩を叩いてきた。そして店の奥から出てきた店主であろうふくよかな女性に向かって、一声かける。

「悪いんだが、連れの服を見繕《みつくろ》ってやってくれ。旅の途中でもあるから、なるべく身軽に。勘定は気にしなくていい」

彼の頼みに、女性は私の方に視線を向けた後にっこりと微笑み、よしきたとばかりに片手でふくよかな胸をぽんっと叩く。

「まかせな！　とびきり可愛くしてあげるよ！」

「だってよ。俺は待ってるから、行ってこい」

女性の返事に気をよくしたのか、笑顔のヴァルフェンは私の背を軽く押し、付いていくように促《うなが》した。前方には店主の女性がおり、後方にはヴァルフェンがいる。

……逃げられない。

「それじゃお嬢ちゃん、こっちにおいでな。アタシはこの店の女将《おかみ》だ。腕によりをかけて、あんたを綺麗にしてあげるよ！」

「え、あ、その」

言うが早いか、女将《おかみ》は私の腕を掴むとそのまま奥へ奥へと歩いていく。半《なか》ば引き摺《ず》られながら後ろを振り返ると、ヴァルフェンが軽く手を振っているのが見えた。

なんだか嵌《は》められた気がするのは、気のせいか。

次々と鮮《あざ》やかな服を見せてくる女将《おかみ》の前で、私はそんな思いを抱いていた。

半刻ほど経っただろうか。

もう何度試着したかわからないが、そろそろ勘弁してほしい、いっそ逃げ出してしまおうかと思い詰めていた私に、服屋の女将《おかみ》が満足げな声を漏《も》らした。

「よし、これでいいかね、よく似合ってるよ！　ほら、鏡で見てごらん」

促《うなが》されるままに、作り付けの大きな姿見へと目を向ければ、先程見た街娘達が着ていたのとよく似た、明るい色の服を身に纏《まと》った自分の姿があった。ローブの頭巾に入れ込んでいた髪を背中に垂らしているのも、雰囲気が変わったように感じる一因だろう。

懐かしい故郷の空を思わせる、透き通った蒼《あお》の糸で織《お》られた上下続きのワンピースは、丈も丁度よく旅にも問題なさそうな案配《あんばい》だ。一見すると簡素だが、胸回りと袖や裾に施《ほどこ》された濃い紫の刺繍《ししゅう》がほどよく上品で女性らしさを出していた。

自分の全身をまじまじと眺めながら、着心地のよさと動きやすさに驚く。

これ、かなりいい生地なんじゃ……？

薬学に関係するため繊維関連の知識も少しはあるが、それから考えると、なかなか値段が張る品物だと推察できた。

「こんなにいい品でなくていいのだけど……」

遠慮がちに言う私を、女将《おかみ》は商売人らしい笑みを浮かべつつ諭《さと》してくる。

「何言ってんだい。連れの旦那が勘定は気にするなって言ってただろ。流石《さすが》にこっちも最高級品を勧めたりしないけどさ、このくらいなら、あの旦那の身なりからして余裕で払える額だと思うよ」

「でも私は、自分で買うつもりで……」

なので、あまり手持ちがないのだという私の弁明を、女将《おかみ》は軽く首を振って遮《さえぎ》った。

「お嬢ちゃん、いい仲の男に花を持たせてやるのは、女の務めだよ」

いや、そうではなくて。

ともすれば思い切り否定してしまいそうなところを、すんでのところで堪《こら》える。一緒に旅をしている男女ともなれば、そう見られてしまっても仕方がないのかもしれない。

詳しく説明するわけにもいかないので、納得いかないものの、これ以上言い募《つの》るのはやめにした。

そんな中、頃合いを計《はか》っていたみたいに思い浮かべていた人物から声がかかる。

「おい、そろそろ大丈夫か？」

どうやら、彼はずっと外で待っていたらしい。

「ああいいよ！　……ほら、お連れさんに早く見せてやりなよ。あんた、凄《すご》く綺麗だよ」

だから別に、綺麗にする必要はないのだが。

そう思いつつも口にはせず、言われた通りに彼のもとへ戻る。待っていた間に買ったのか、ヴァルフェンの服装も先程までとは少し違っていた。

先程も着ていた焦げ茶のシャツの上に、首元まですっぽりと覆《おお》う青みがかった紫の羽織《はおり》物を重ね着している。新緑の季節になったとはいえ、朝夕はまだ冷えるから、そのためだろう。

腰に帯びている剣も、柄《つか》は元のままだったが、鞘《さや》には茶色い革が巻かれ、一見して騎士が持つような上等な剣とはわからなくなっていた。確かにこれなら、街の青年自警団か傭兵《ようへい》に見えなくもない。

「貴方《あなた》も着替えたのね。確かにそっちの方が目立たないわ」

一通り眺めてからそう感想を述べたが、なぜか返事はなかった。というか、ヴァルフェンは蒼《あお》い目を大きく開いてこちらを凝視したまま、停止している。

「……ちょっと、どうしたの？」

近付いて見上げてみたが、無言のままだ。

……一体なんだというのだろうか。

似合ってないならそう言えばいいのに、やはり自分は年頃の街娘達とは違うのだなと、私は少しの落胆を感じながら溜息を吐いた。その時、後ろからやってきた女将《おかみ》が笑い出したので、驚いて振り向く。

「あっはっは！　あれまぁ棒立ちになっちまってて っ！」

その軽快な声に我に返ったのか、ヴァルフェンが突然動き出し、ごほごほとわざとらしい咳払いをする。

何、なんなの、一体。

訝《いぶか》しんでいると、女将《おかみ》は肘で私の脇腹を突っついて豪快な笑い声を押し殺しつつ耳打ちをした。

「あんたがあんまり綺麗だから、吃驚《びっくり》しちまったんだねぇ」

「……は？」

言われた台詞《せりふ》が理解出来なくて、素《す》っ頓狂《とんきょう》な声が漏《も》れた。

いやあれは、あまりの酷さに驚愕《きょうがく》していたのでは——？

女将《おかみ》の言葉を内心で否定していると、ヴァルフェンが私達の前まで歩み寄ってきて、私の方を一瞥《いちべつ》してから女将《おかみ》に視線を移す。その間に彼をまじまじ観察してみたところ、心なしか頬に赤みが差している気がした。

「……悪いんだが、これに合わせられる羽織《はおり》ものはあるか？」

「ああ、あるよ。これなんてどうだい？　藤の花で染めた糸を織《お》ったものだよ。淡さもあっていい色だろう？　これは二度染めだけど、あんたが買ったやつは七度染めさ。色の深みは違うが対《つい》みたいなものだよ。丈も短めで丁度いいんじゃないかい」

「それを頼む」

「あいよ」

羽織《はおり》を受け取ったヴァルフェンが、それを私にバサリと被せてくる。代金を出すのは彼らしいので文句はないが、こうやって隠そうとする辺り、やはり似合ってはいなかったのだろう。

……似合ってないのなら、他のもっと地味な服でいいのに。

上品な作りのこれは結構値がはるはずだ。この男に限って女将《おかみ》が見繕《みつくろ》ったものを断りにくいと思っているなど考えられないが、無理して買うことはない。女将《おかみ》には悪いけれど、嫌々買ってもらうなんて、こちらとしても気持ちがいいものではない。

「私は別にこれじゃなくても——」

「いや、それがいい」

「え」

即答されて、言葉に詰まる。目を瞬《しばた》きながら固まっていると、続いて不可思議な台詞《せりふ》が聞こえた。

「……これじゃ、違う意味で目立ちそうだけどな……」

口元を手で押さえて呟かれた彼の言葉の意味は、私には理解出来なかった。

「またおいで」と笑顔で言いつつ手を振ってくれる女将《おかみ》に、私も会釈《えしゃく》をして店から出る。先に外に出ていたヴァルフェンがまた私を見てすぐ視線を逸らした。

それぐらい似合わないのなら、買わなければよかったし、見なければいいのに。店で女将《おかみ》と鏡を見た時は、我ながらそこまで酷くないと思ったのだが、如何《いかん》せん私は世間のことに疎《うと》い。ヴァルフェンの反応を見るに、女将《おかみ》は商売人として世辞を言っただけで、恐らく似合っていなかったのだろう。先程これがいいと言ったのも、あれ以上待たされるのが嫌だったからかもしれない。

しかしそれに気付いたところで、彼は女将《おかみ》が勧めるままに買ってしまったし、既に着て外に出ている以上、戻せるわけもない。

私はふて腐れながらも、服のことを忘れようとヴァルフェンに別の話題を振った。

「貴方《あなた》、お金持ってたのね」

「……あ?」

私の隣に並んで歩く彼が、珍しく間の抜けた声を出す。その反応に、聞こえなかったのかと思った私は、もう一度同じ言葉を繰り返した。

「貴方《あなた》、お金持ってたんじゃないの。私に雇えとか言っておいて」

「ああ……」

ちゃんと聞いているのかいないのか、彼は私に視線を向けてはいるが、どこかぼうっとしていて様子がおかしい。

かと思えば、ばっと目を逸らし、頭をがしがし掻《か》いたりしている。目元と頬もやや赤みを帯びていて、なんだか暑そうだ。

「ちょっと、聞いてるの」

少し強めに話しかければ、ヴァルフェンは前を向いたまま、「あるに越したことはないだろ」とわけのわからない理屈を述べた。

もう面倒くさくなった私は、ふうと大きな溜息を吐いてから、要望をヴァルフェンに伝えることにした。

「……とにかく、雑貨屋を見つけたら知らせて。そこで私の持ってる香料と染料が売れたら、貴方《あなた》に服の代金を返すから」

元々着ていた服は、追加で買った荷物鞄に入れてある。もちろん、私のローブに入れてあった薬剤も全てだ。ヴァルフェンが買ってくれた羽織《はおり》には、ほとんど収納する部分がついてなかったので、こちらにしまい込んだのだ。

雑貨屋の場所は先程、服屋の女将《おかみ》から聞いていたので、このまま大通りを歩いていれば見えてくるだろう。

「返すって、なんでだ？」

売る物の目星を付けていたら、そんな声をかけられる。そちらを見ると、強い視線が私を覗き込んでいた。

やたらと顔が近い。ついでに言えば、彼の蒼《あお》い瞳の中に、不服そうな光が浮かんでいる気がした。

無視するわけにもいかず、促《うなが》されるまま口にする。

「……似合わないものを、無理矢理人に買わせる趣味はないのよ」

「っ……それは違う！」

思っていたことを吐き出した途端、焦ったように否定され、驚いた。

「なんなのよ、突然」

「あ、いや……」

ヴァルフェンは、彼には似合わない気まずそうな表情を浮かべたかと思えば、ぐっと私に顔を近づけた。しかも、がしりと両肩を掴んでくる。

「え」

「似合わないなんてことはない。無理矢理に買わされたわけでもない。むしろ……よく似合ってる。本当に、凄《すご》く。それどころか、綺麗すぎてこっちの調子が狂うくらいだ」

「なっ……」

今度は私が言葉に詰まる番だった。だけど、ヴァルフェンはじっと私を見つめ、言葉を続けていく。

「だから返すとか、そういうのは考えなくていい。雑貨屋で得た金は、ちゃんと自分で持っていてくれ」

こちらが気圧《けお》されてしまうくらい強い口調でそう言ったヴァルフェンは、返事を求めているのか視線を外してくれなかった。

「わ、わかった……」

呼吸が聞こえるほどの距離。

そのことに動揺している私は、なんとか了承の台詞《せりふ》を絞り出した。

「わかってくれたなら、いい」

満足した風に、ヴァルフェンが蒼《あお》い目を細めて言う。

途端、固まっていた私の身体が、ふっと軽くなった。

彼の手が肩を押さえていただけで身動きが取れなくなっていたのだと、今更気付く。

先程とは打って変わって上機嫌な彼の背を見ながら、私はうるさく鳴り響く鼓動音をどう鎮《しず》めたらいいのかわからなかった。


私の目当てだった雑貨屋で香料と染料などを売って外に出ると、日暮れを迎える時間帯になっていた。予定よりも長居してしまったことを反省しつつ、仕方がないので今夜はこの街で宿を取ることにした。

別にもう一日くらい野宿でも構わないと私は言ったのだけど、ヴァルフェンに断固として拒否されてしまったのだ。

「そろそろロータス達が王都に着く頃合いだとは思うが、貴族位審判会が開かれるのは明日だろうから、まだ猶予《ゆうよ》はある。それに、無理して倒れては元も子もない」

というのが、ヴァルフェンの意見だ。

「――夫婦旅かい。あんたら新婚か？　部屋は一つでいいな？」

宿の主人に言われた言葉が一瞬理解出来なくて、反応が遅れた。

しかし、ヴァルフェンはまるで当たり前のように「それでいい」と了承してしまう。

え、ちょっと待ちなさい。

「どうして部屋が一つなのっ？」

鍵を受け取って部屋へ向かう彼の袖をぐいぐい引っ張りながら、小声で問い詰める。

彼を完全に信用したわけではないのだ、出来れば同室は避けたい。

「ああ、言っただろ？　宵《よい》の士隊のこともあるからな。まだ時間はあるが、わざわざ隙を作ることもないだろ」

抑えた声で説明してくれるヴァルフェンは、部屋の前まで来たところで話を中断し、扉を開けて私に中へ入るように促《うなが》した。少々の気まずさはあったが、とりあえず説明の続きを聞くために足を踏み入れる。

室内を軽く眺めてみて、想像してみたより悪くないなと思った。外観は結構年季の入った作りだったが、中は至って普通だ。必要最低限の調度しかないせいか、室内は広く見える。恐らく私が住処《すみか》にしていた小屋と同じくらいの大きさだろう。

「意外と綺麗なのね……」

感想を零《こぼ》すと、ヴァルフェンが後ろ手に扉を閉めて私の隣に並んだ。同じ部屋にいるというだけで、なぜか胸が騒ぎ出し、少しだけ緊張した。

昨夜は野宿までしたのに、今更変ね。

自分で自分を不思議に思う。

「まあ、中程度の宿にしたからな。場末のやつなんかじゃ、まだ野宿した方がマシだっていう宿もあるくらいだ。でも払った金額の分だけ、客層もマシなものになる。それでもごろつきの類《たぐい》が全くいないってわけじゃないが」

「なるほど」

その説明を聞いて感心した。確かに宿に入ってすぐにあった一階の食堂には、ならず者じみた人間はいない様子に見えた。

「……本当はもう少し上の宿に行きたかったけどな。いくらなんでも予想外だ」

「なんのこと？」

変に疲れた声で言われたので聞いてみたが、どうしてか呆れたような顔をされてしまった。ヴァルフェンは片手を腰に当て、反対側の手でまた頭をがりがりと掻《か》いている。

この仕草、何度か見た気がするけど癖なのかしら。

「あんた、自分が他人にどう見えているか、わかっていないのか？」

「浮いているのはわかってるわよ。いちいち念を押さないで」

「いや、そうじゃなく――」

まだ何か言おうとしていたヴァルフェンの声を、階下から響いてきた鐘の音が遮《さえぎ》った。口を噤《つぐ》んだ彼が、蒼《あお》の双眼を細め溜息を吐き出す。

「まあ、いい。でもその羽織《はおり》はちゃんと着ておいてくれ。そこそこの宿と言っても、馬鹿がいないとは限らないからな」

どうやらあの鐘の音は、食事の時間を知らせるものらしい。

ヴァルフェンは私の羽織《はおり》にそっと指先で触れてから、一緒に食べようと言った。

……やっぱり、彼の言動は脈絡がない。

宿屋の一階に下りると、彼は私を周囲から隠しながら一番奥のテーブルへと腰を下ろすよう促《うなが》した。時間も遅くなって、酒が入っている客もいるからだろう。

賑《にぎ》わいから離れ、給仕が持ってきた平皿を受け取り食事にありつく。大きめの皿に、堅焼きのパンと燻製肉《くんせいにく》、そして根菜と葉物野菜に果物が盛られている。パンにはほどよい塩気があり、肉は鉄板で軽く焦げるくらいに焼かれていて香ばしい。悪くない食事だった。

「……何、どうかしたの？　嫌いなものでもあった？」

「ああ、いや……」

見れば、ヴァルフェンはパンを手にしたまま止まっていた。

不思議に思って彼の皿を覗き込んでみたところ、食事にちっとも手を付けていない。まさか食べられないわけではないだろう。これだけ大きな体躯をしているのだし。それに、今朝、自分で作っていたスープはおかわりまでしていたのだ。

妙だなと様子を窺《うかが》っていたが、彼が真剣に食事を眺める表情を見て、もしかしたらと思いつく。

「別に、何も仕込まれていないわよ。私達の一族は、香りだけでもそういったことがわかるの。だから安心していいわ」

燻製肉《くんせいにく》を呑み込んでそう言えば、ヴァルフェンは視線を上げて、驚いた風に私を見た。

どうやら図星だったようである。

「そうなのか？」

「ええ。じゃなきゃ貴方《あなた》が朝作った食事だって、口にするわけがないでしょう」

きっぱりとそう言えば、彼は虚をつかれたみたいにきょとんとして、それからふっと笑みを零《こぼ》した。

「なかなか手厳しいな」

そう言ったヴァルフェンの表情は、なぜかとても楽しげだった。

朝は森にいたこともあり忘れていたが、私自身、誰かと卓で食事をするなんて久方ぶりだ。しかもヴァルフェンは、信用こそしていないものの傍にいて嫌な気持ちにはならない。それもあってか、不思議と穏やかな気持ちになっていた。

……自分でも楽観的すぎるかなとは思うけれど。

しかし、私達は曲がりなりにも手配者なのだ。ヴァルフェンには猶予《ゆうよ》があるのでともかく、私は既にそうだった。

だからこそ、警戒を怠《おこた》るべきではなかったのだろう。

「――おい、そこの銀髪の」

食事を終えた直後にかけられた、酷く耳障りな声。

その声がした瞬間、今まで賑《にぎ》やかだった階下全体の空気が静まる。

私の方を向いていたヴァルフェンが蒼《あお》い瞳をすうっと鋭く細め、声がした方に振り向く。同時に、私も同じ方へ首を向けた。

「いい女を連れているな、お前」

まばらに並んだテーブルのうちの一つ、一体何本あるのかわからないくらい酒瓶を載せたそこに、下卑《げび》た笑みを浮かべた中年の男と、その取り巻きらしき人間がいた。

声をかけてきた男の年齢は四十を超えたばかりといったところだろうか。脂《あぶら》ぎった顔にぼさぼさの茶色い髪。伸びた顎髭《あごひげ》は揉み上げと繋がっていて、野生的というより汚らしい。男を取り巻く者達も似たりよったりで、面白そうに成り行きを眺めている。

先程入った時には見かけなかった連中だ。身なりは悪くはないが、品はない。

「俺と一勝負やらないか？　なに、一回限りで構わんさ。賞品は……そうだな、俺が勝ったらそこの連れの女を一晩借りるってのはどうだ」

ヴァルフェンは返事をせず相手を見据えている。横顔が、苛立ちを感じさせた。周囲に緊張が漂《ただよ》う。目の前にあるヴァルフェンの身体からは静かな怒気と、殺気が立ち上《のぼ》っていた。けれど相手の男は、それに気が付いていないようだ。

「悪いが、そんな気分じゃないんでね」

あくまで空気を壊さない程度の声音で、ヴァルフェンが断る。一応相手の顔を立ててやっているのに、男はそんな配慮すらも気に入らないのか、片肘をついていた卓をがんと叩き付け立ち上がった。だんだん、と耳障りな足音を響かせながら、男が私達のテーブルに近付いてくる。

私はどうするつもりかとヴァルフェンに目を向けたが、彼は男の方へ視線をやったまま、かろうじて聞こえるくらいの小さな声で「動くなよ」と私に指示を出した。

一応は追われている身なのだ。面倒を起こしたくはない。だけど相手に引く様子はないし、このままいけば騒ぎになるだろう。

かといって、あんな男の相手を一晩させられるなど、考えたくもなかった。

「ごちゃごちゃ言ってないで引き渡せって言ってるんだ。お前ら余所者《よそもの》か？　俺らはこの辺りの商《あきな》いを仕切っているリヒテンバルド商会の者だ。主《あるじ》は王都におわす侯爵様だよ。この意味わかるか？」

男が、顎髭《あごひげ》を揺らしながら嘲《あざけ》るように言う。余程自分の後ろ盾に自信があるのだろう。

「貴族に、睨《にら》まれたくはないだろ？」

勝ち誇る男に、ヴァルフェンは冷たい怒りを滾《たぎ》らせた瞳のまま、問題ないと言わんばかりに片手を振った。

「生憎《あいにく》、こちとらそういった連中には慣れてるもんでね。そんなのは脅《おど》しにも何にもならん」

彼がそう返した直後、沈黙が辺りを支配する。互いに睨《にら》み合い、緊迫した空気が流れる。

しかしそれは、すぐに破られた。

「てめぇ、いい加減に……っ！」

痺《しび》れを切らした男が、ヴァルフェンに向かって太い腕を突き出す。繰り出された拳《こぶし》を見て、危ない、と私が口にしかけた時。

——風が、吹いた。

穏やかな季節に時折発生する突風のようなそれに、目を瞬《しばたた》く。

すると次の瞬間、ヴァルフェンの手にある銀色が相手の喉元を捉えていた。彼が手にしているのは、先程まで食事に使っていたナイフ。けれど、彼ならばそれだけで十分男の息の根を止めることが可能なのは、この場にいた誰もが理解していた。

何、今の動き。

全然、捉えられなかった——

恐ろしいほどの速さに息を呑む。緊張で指先が冷たくなっていた。

「……その首がついている内に、引っ込んでおけ。まだ面倒を起こすつもりなら、即座に叩っ切る」

「わ、わかった……っ！　わかったから、収めてくれ……っ！」

無言で腕を引いたヴァルフェンがナイフの切っ先を下ろすと、私達の周囲を取り囲んでいた人々がまるで蜘蛛《くも》の子を散らすように離れていった。そこでようやく、私の手足にも温度が戻る。敵意が込められたヴァルフェンの殺気に、無意識に硬直していたのだ。

手練《てだ》れの剣士はその気迫だけで人を縛ることが出来ると聞いた覚えがあるが、もしかすると彼の技巧はその域《いき》まで達しているのかもしれない。

そう思うほど、凄《すさ》まじい光景だった。

「悪い、嫌なところを見せたな」

ごくりと喉を鳴らしていた私の前で、ヴァルフェンが気まずそうにがりがりと頭を掻《か》きつつ言った。そのせいで、銀髪が少しだけ乱れる。

「いいえ。むしろ助かったわ。有り難う」

礼を述べれば、ヴァルフェンは目を見開いて、それからふっと薄く笑った。

「……俺は騎士だし、あんたに惚れてるし、雇われてもいるからな。これくらいは当たり前だ」

そう言いながら、ぱっと顔を伏せたかと思うと、結構な勢いで皿の上の食事を平《たい》らげていく。

私から見えた彼の耳は、少しだけ赤くなっているような気がした。


部屋に戻り、やっと一息つくことが出来た私は、大きめの溜息を吐いた後、はたりとそれに気が付いた。

……あら。

「ねえ、ちょっと」

同じ部屋なので当然ヴァルフェンもいる。私はその場所から視線を逸らさないまま、後ろにいる彼に声をかけた。

「どうした？」

羽織《はお》っていたものを簡単な作りの木椅子にかけ、ヴァルフェンが一定の距離を開けて私の隣に立つ。もしかすると彼なりの礼儀なのかもしれないが、正直、今の私はそれどころではなかった。

「寝台、一つしかないんだけど」

先程部屋を見た時には気付かなかったが、目の前でどんと主張している大きな寝台を見つつ、うんざりした口調で言う。

「そりゃあ、夫婦用の部屋だからな。仕方ないだろ」

すると、なんだそんなことか、とばかりの答えを返された。

いや、仕方ないって。

わざわざ隙を作ることもない、という彼の言葉に納得していたけれど、これではどちらかしか寝られないではないか。

いや、待てよ。部屋が夫婦用ということは、そもそも二人で使用するのを前提とされているはずだ。

よく見れば、寝台は通常より二回り程度大きく作られている。初めて目にしたが、掃除人にはこちらの方が便利かもしれない。

そこまで考えたところで、私はふむ、と頷いた。

「確かに、仕方ないわよね。別に寝るだけなんだし、いいか」

ヴァルフェンは私に惚れただなんだと言っているが、本心ではないだろうし、まあいい。

共寝《ともね》用の寝台など初めて使うが、やむをえないと納得していたら——

「ちょっと待て、まさか一緒に寝るつもりか？」

と、驚いたような声がした。

隣を見れば、ヴァルフェンが蒼《あお》い瞳を見開き、唇も少し開けている。

なんだ、何を驚いてるのよこの男は。

「駄目なの？　でもこの部屋、寝られる場所なんて他にないじゃない。床もあまり綺麗だとは言えないし」

改めて部屋を見回す。最初に見た通り悪くない部屋ではあるが、いいとも言えないのが正直なところだ。

簡素な木卓と木椅子に寝台。暖炉《だんろ》はあるが、それだけ。

昨夜は森で野宿だったので、出来れば今夜はまともに眠りたい。

ホルベルクに着くまでに、倒れるわけにはいかないからだ。

それに昨日野宿した時だって、彼は私が熟睡していたにもかかわらず、何もしてはこなかった。

そのことも私がほんの少し安心している理由かもしれない。

しかし、なぜかヴァルフェンは、虚をつかれたみたいにぽかんとしている。

「俺とだぞ？　あんた、意味わかってるか？」

「寝るだけでしょう？　別にいいけど」

「……は？」

構わないと言っているのに、ヴァルフェンは素《す》っ頓狂《とんきょう》な声を上げた。

一体、何が気にかかるというのか。

確かに、就寝中に寝首を掻《か》かれる可能性を考えないわけではないが、出会った時や先程の一件を見る限り、彼がその気なら私は既に斬られていただろう。

しかし、そうされていないということは、その気がないのだ。

「貴方《あなた》が私を殺す気なら、私はとっくの昔に死んでるはずだもの」

そう答えたところ、ヴァルフェンはなぜか奇妙なものを見たと言わんばかりの変な表情をした。

何、その顔。

何が言いたいのかわからない、と視線で問えば、今度は苦虫を噛みつぶしたような顔をされてしまった。

別にそんな顔をされることを言った覚えはないのだが。

そう思っていると、ヴァルフェンは困った様子で頭をがりがり掻《か》いて、それからじっとこちらを見つめた。

「あんたは、なんていうかこう……気にする場所が間違っていないか？」

「何が？」

「何がって……」

ヴァルフェンは、信じられないとばかりに眉根を寄せてから、はあと大きく嘆息した。

そして、あのなと一言置いて話し出す。

「一般的に考えて、男と共寝《ともね》をするってことがどういう意味か、わからないのか？　それに、俺はあんたに惚れてるんだぞ？」

まるで幼子《おさなご》を諭《さと》すように言われ、なるほど彼が気にしていたのはそういうことかと理解した。

私も伊達《だて》に一人で六年暮らしていたわけではないのだ。女性相手に悪戯《いたずら》めいたことをやらかす輩《やから》の存在は知っている。自分で撃退したことすらあった。まあ、主にキルシュ相手だが。

けれど、ヴァルフェン――この銀色の髪をした騎士には、全くそういう危機感を感じなかったので、つい了承してしまったのだ。

ついでに言えば、曲がりなりにも彼は王国騎士だ。士隊の騎士は年頃の女性達に人気の職業だと聞いたことがある。私がいた東国でもそうだった。

とすれば、私などをわざわざ相手にする必要はないだろう。

彼は見目も悪くないのだし。

そう納得するほど、彼の容姿は整っているのだ。惚れただなんだと言っているのも、監視するためのこじつけとしか思えない。

「騎士なんだから無体を働いたりはしないでしょう？　それに、私程度の女は掃《は》いて捨てるほどいるわよ。そんなことより疲れたからもう休むわ。貴方《あなた》は床でも寝台でも、好きな方で寝てちょうだい」

なんだか色々と面倒くさくなって、それだけ言って彼の横を通り過ぎる。

今日は慣れない服屋に連れていかれたり、何度も試着させられたり、薬を売りに行ったりで疲労していた。さっきの一件で、ヴァルフェンの殺気にあてられたというのもある。

しかし、ヴァルフェンの隣を通った直後、後ろ手に腕を掴まれぐっと動きを止められた。前についのめったせいで、二歩程度たたらを踏んでしまう。

「あんた、ずっと一人で住んでいたんだったか。なら、そういうのがずれていても仕方がないな」

彼は私の腕を掴んだまま、呆れの混じった声でそう言った。

ずれてるって何が。というか、なぜ腕を掴むのか。

「なんなの？　ちょっと、放し……」

振り向いて文句を言おうとした時、見えた蒼《あお》い瞳に、紡《つむ》ぐはずの言葉が消えた。

「――少し、教えておく」

「え？」

ヴァルフェンはそう告げた後、ぱっと腕を放したかと思えば、私の肩口をとんと軽く突き飛ばした。速い動きに対応できず、間抜けな声が漏《も》れる。

どさりと音を立て、私は寝台へ仰向けに倒れ込んだ。

背中を包む敷布の感覚。開いた視界に、ゆっくりと覆《おお》い被さってくるヴァルフェンの姿が見える。

蒼《あお》い瞳に見下ろされ、そこでやっと冷静さを取り戻した。

「ちょっと、何するのよ」

鼻先が触れそうな距離にある彼の顔に不満を吐き出せば、ヴァルフェンはすうと細めた目で私を見据えた。

思いの外《ほか》強い視線に、ざわざわとした感覚が湧く。

「これから先は、もう少し危機感を持ってくれ。ただでさえ同室できついってのに、一緒に寝ていいなんて言われたら、こっちも我慢出来なくなるだろ」

「どういう意――っ⁉」

問い返そうとしたところで、さっと両の手首を取られ、顔の横で押さえ込まれた。

「貴方《あなた》ねぇ……！」

怒りが込み上げ、殴ってやろうかとぐっと腕に力を入れたけれど、動かない。それも当たり前なんだろう、相手は騎士だ。力で敵《かな》うはずもない。

「変に優しかったり、無防備だったり。あんた、ちょっと危なっかしいぞ」

そう言いながら、彼は改めて蒼《あお》い双眸《そうぼう》にしっかりと私を捉えた。

そこには驚愕《きょうがく》に目を見開く私の顔が映り込んでいる。

呆然としている私に構わず、彼の顔が、首元に寄せられていく。

「っ……！」

次の瞬間、首筋に甘い痺《しび》れが走った。衝撃に身を捩《よじ》ろうとしたけれど、押さえられているせいで叶わない。

吐息が肌を撫《な》で、耳元に低い声が滑り込む。

「滑《なめ》らかで、紫紺《しこん》の色をしたこの髪も……白く、柔らかなこの肌も。全てに喰らいつきたくなるほど――どれをとっても、あんたは極上だ。自分程度などと卑下するな」

鼓膜《こまく》に沿うような声で囁《ささや》かれ、思わず身体がふるりと震える。

「っ何、言って……」

意味がわからず反論しようとしたら、私の首筋から顔を上げた彼が、真正面から見下ろしてきた。

そして、困ったような顔をして、口元をふっと緩《ゆる》める。

「俺はあんたに惚れてるんだ。欲しいと思ってる。だから……頼むから、あまり気を抜いてくれるな」

彼は懇願《こんがん》するみたいにそう言って、目を閉じ、こつんと自分の額《ひたい》を私の額《ひたい》に押し当てた。

彼の前で気を抜いたつもりはなかったのにそう言われて、私は混乱しつつも「わかった」とだけ口にする。正直、それしか言えなかったともいうのだが。

返答の声が裏返っていたのは……言うまでもない。

◇◆◇

「……」

「おはよう」

日が昇った気配にぱちりと瞼《まぶた》を開けると、昨日の朝と同じ光景が広がっていた。

目の前にある、蒼《あお》い双眼。綺麗だと思うが、間近で見るのには、今は少々抵抗がある。

もちろん、昨日のことがあったからだ。

「何してるのよ」

「寝顔を見てた」

——っだから！　なぜ人の寝顔を見るのか！

憤慨《ふんがい》し、不機嫌を露《あら》わに、眉間に皺《しわ》を寄せて睨《にら》み付ける。

すると何が楽しいのか、ヴァルフェンは朝の光に銀の髪を輝かせながら、ぱっと立ち上がった。

どうやら人の寝顔を見るために、寝台の横で膝をついて座っていたらしい。

……馬鹿じゃなかろうか。

「昨日の朝も言ったけど、人の寝顔を観察するなんて褒《ほ》められた行為じゃないわよ」

起き上がりつつ、呆れ混じりに言う。

というか、なぜわざわざこんな当たり前のことを説明しなければいけないのか。昨夜人のことをずれていると言った割には、彼も相当ずれていると思う。

「なら、許可があればいいのか？　見ていいか？」

「はあ？」

人の話を聞いていなかったのか、半身を起こした私に、ヴァルフェンが目を輝かせて言った。嬉しそうな表情には、何やら期待しているらしき空気がある。

それにしてもどういう理屈だ。おかしくないか。

しかも、どうして私が了承すると思うのか。

「いいわけないでしょ。次からはやめて」

「駄目なのか……」

若干げんなりしながら簡潔に拒否すれば、ヴァルフェンが落胆した様子で呟いた。

いや、なぜがっかりしているのか。

皆目見当がつかない。恐らくそんな気持ちが表に出ていたんだろう。私の顔を見たヴァルフェンが急に噴き出した。

「そんな人を変な生き物みたいに見ないでくれ。俺だって、まさかあの後、あんたが普通に寝入るとは予想もしなかった。野宿した時も思ったが、なかなかの鋼《はがね》の精神だな」

軽快な笑い声の後にそう言われて、昨日の出来事を一瞬思い出してしまった。

そんなことを言われても、宿を飛び出るわけにもいかないし、一応、私は彼を雇っているのだし。

……雇い主に取る態度では、なかったと思うけど。

「からかうのはやめて。疲れてたのよ。それより、今日はこれからどうすればいいの？」

あまり思い出したくないので、頬が熱くなっているのがばれないように話題を変えた。

そもそも、あれは私の警戒心のなさに呆れた彼がそれを窘《たしな》めるためにしたことだとわかっているし、蒸し返してほしくない。……別に警戒していなかったわけではないのだが。

そんな意図が伝わったのかは不明なものの、ヴァルフェンはにやりと笑みを浮かべた後、水に濡《ぬ》らして絞ったのだろう布を手渡してきた。受け取った際に、指先が彼の長い指を掠《かす》めた。

「ま、とりあえず顔を拭いたら、朝飯だな」

明るい室内で、銀の髪をした男が目を細めて笑う。

一瞬、自分が手配者であることを忘れるくらい、穏やかな顔だった。

朝食後すぐに宿を出た私達は、当初の予定通り、主道である広い街道を歩いていた。空は晴れ渡り、風には花の香りが時折混じる。行き交う人の服装も、どちらかと言えば軽装だ。

私も昨日買った服を着ているので暑くはないが、荷物袋に入れてある元のローブ姿だったなら、少々厚着になっていただろう。

昨日の服屋で追加購入した荷物鞄は、今は肩にかけている。中には携帯用の薬と、香料などを売った時の売り上げを入れていた。

最初はヴァルフェンが持つと言ったのだが、それを断り自分で運んでいる。警戒うんぬんではなく、性分故《ゆえ》だった。

「疲れてないか？」

ヴァルフェンが、銀の髪に陽光を反射させながら尋ねてくる。別に大丈夫だと答えたら、ほっとした顔をされた。

なんだろう。私はそんなに体力がないように見えるのだろうか。

そこまで貧弱なつもりはないのだけど。

そう思っていたら、妙に上機嫌な声が隣から漏《も》れた。

「いや、昨日押し倒した時、やたら細いなと……って、痛いんだが」

「痛くしてるのよ。当たり前でしょう」

掘り返してほしくないことを口にされ、苛立ちのまま彼の横腹を抓《つね》った。騎士なのに、そんなにすぐ脇を取られていいものなのかと思うが、本来の彼の動きは目で追えないほどなので、きっとわざと受けたのだ。

……こういう馴れ合いは、するつもりがなかったのに。

内心独りごちる。だけどホルベルクまでの目的がなんであれ、恐らく彼自身はそう悪い人間ではないのだろう。だけどホルベルクまでの間柄なのだから、あまり情が移るような付き合いは避けたかった。とはいえ、彼といると調子を狂わされるので、突き放すのはなかなか難しい。

「悪いな、歩きで。急ぎたいのはやまやまなんだが」

歩みを止めないまま申し訳なさそうに彼が零《こぼ》す。貸し馬車を使わなかったのは、路銀のこともあるが、逃走経路を把握されやすいというヴァルフェンの意見があったからだった。

確かに、御者《ぎょしゃ》に聞かれれば一発でばれる。歩きの場合時間はかかるが、誤魔化しは利きやすそうだ。

私が住んでいた場所は、イゼルマールでも端の端だったので、あまり大きな道は作られていなかった。しかし、ここは主道であるため広さもあり、道中何度も人や行商の馬車とすれ違っている。

でも私には、他にもっと気になることがあった。いや、正しくは気になるものが『見えて』いた。

それに目を取られていると、突然服の裾をくんと後ろに引っ張られ、立ち止まった。というより、止められた。

……こけたらどうしてくれる。

むっとしつつジト目で振り返ると、思いの外《ほか》真剣な瞳を向けられていた。

「おい、あまり離れるなよ」

――別に逃げやしないのに。万が一私が逃げると、よほど困るのね。

成り行きで彼を雇うことにはなったが、それが建前でしかないのは私もわかっている。一応彼も反逆者なのだ。普通は足手まといになる女を連れて逃げようなどとは思わない。とすれば、前にも考えた通り納得出来る理由はただ一つ。私を監視するためだろう。

「別に、逃げやしないわよ」

そう告げたところ、なぜかきょとんとした顔をされてしまった。

「は？　いや、そういう意味じゃなくてだな」

「なら、どういう意味よ。私は周辺に生《は》えている植物を見てただけ。住んでいた場所から結構離れたし、自生する薬草にも変化があるかと思ったの」

すると、ヴァルフェンは隣で意味不明の独り言を呟きながら、頭をがしがし掻《か》いた。

やっぱり癖なんだわ、これ。

こういう仕草は普通の男性らしく思える。そんなことを考えていた時ふと、彼は何歳《いくつ》なのだろうかという疑問がもたげた。顔の雰囲気からして、私とそんなに変わらないように見えるけれど、人は見かけによらないとも言うし。

特に聞かない理由もないので尋ねてみることにした。

「ねえ、そういえば貴方《あなた》って歳はいくつなの？」

「俺の歳？　そんなの聞いてどうするんだ？」

質問したのに聞き返された。男なんだからとっとと言えばいいのに、と思うのは私の偏見だろうか。

ヴァルフェンは怪訝《けげん》な顔をした後、まあいいか、と呟いた。

「俺は今年で二十七だ」

「結構若いのね。もっといってるかと思ったわ」

「よく言われるが……もう少し言い方ってものがあるだろう。人のことより、あんたはどうなんだ」

茶化したせいか、ジト目で反撃される。

「あら、女に年齢を聞くなんてデリカシーがないわね……別に隠すつもりもないから言うけど、私は二十二よ」

「へえ、結構若いんだな」

どういう意味だ、それは。人に言い方を説《と》いた癖に、その言い草はなんなのか。

きっと睨《にら》み付けると、ヴァルフェンはひょいと首を竦《すく》めておどけてみせた。

「そう怒るなって。魔女の一族なんだろう？　年齢の重ね方に何か違いがあるのかと思ってな」

「別に、少し力が使える程度で、身体は普通の人間と変わらないわ。人を化け物か何かと一緒にしないでちょうだい」

心外だ、と不満も露《あら》わに言えば、ヴァルフェンは蒼《あお》い瞳を僅《わず》かに揺らし、一歩離れた。

さっきは人に離れるなと言った癖に、と内心苛立ちつつ様子を窺《うかが》っていると、彼は人を上から下までゆっくり眺めた後、薄い唇を動かし何事か呟く。

「……化け物どころか、女神が降りたかと思ったけどな」

含み笑いと共に呟かれた言葉は、街道に響く他の音に掻《か》き消され、私の耳には届かなかった。


もうしばらくすれば次の街に着くという道半《なか》ば。

私達は休憩のために、清水が流れる小川の傍に腰かけていた。

朝食後すぐに宿を出たおかげで、陽は真上に来たばかりだ。街を出る前に購入していた携帯食を口に入れながら、私達は予定の確認をしていた。

この携帯食も、ヴァルフェンが昨夜の夕食同様、毒の混入を気にしていた様子だったので、私が確認した上で買ったものだ。騎士という職業柄、敵方の謀略などで毒を経験したことがあるのだろう。私もいくつか自分の身体で毒物を試したことがあるので、二度と口にしたくないという思いはわかる。だからあえて、踏み込んで尋ねるのは控えていた。

「とりあえず、昨日の宿と同じく、俺とあんたは夫婦ということで話を通す」

「仕方がないわね……」

溜息交じりに了承すれば、ヴァルフェンは銀髪をがりがり片手で掻《か》きながら、「そこまで嫌そうにするなよ」と文句を言った。

別に、嫌というわけではないけれど。

ただなんとなく、他人からそう見られることを気恥ずかしく感じた。

夫婦という体裁《ていさい》を取るのは、国境の砦《とりで》で通国証を受け取るためだ。

彼の話によれば、次の街を抜けると、もうすぐ国境の監視所である砦《とりで》に着くらしい。なので、そこで予定通り通国証をもらい国を抜ければ、この短い旅も終わるだろう。

そう考えたところで、胸に妙な感覚が生じて首を傾げる。けれどそれはすぐに掻《か》き消えたので、気のせいだったかと思い直した。

「それよりもこれ、美味《うま》いな。普通の紅茶と味が変わらない」

ヴァルフェンの声に、思考を現実に戻されはっとする。

彼は私が用意した薬草茶を眺めながら、感心した様子で呟いていた。

「でしょう？　これに関しては、正直かなり自信があるのよ」

褒《ほ》め言葉に得意げに返せば、まるで微笑ましいものを見るような顔で笑われる。

……そういえば、家族以外でこれを飲ませたのは、彼が初めてだわ。

薬草茶に関しては、村には卸《おろ》していなかったため、他人ではこのヴァルフェンが最初に飲んだ人間になる。

別にこだわりがあったわけではないが、改めて自分の行動に驚いた。

気を許し始めている……のかしら。

まだ出会ってさほど経っていないのに。

「じゃあ、そろそろ行くか」

考えていたところでヴァルフェンが立ち上がった。彼に倣《なら》い私も腰を上げた時、鼻先を掠《かす》める香りに気が付く。

この香り、どこかで……

他の色々な香りに混じっているが、風の中に確かに漂《ただよ》っているそれ。

嗅《か》いだ覚えのある薬草花の香りだな、と頭の中にあった薬草学の知識と照らし合わせ、はっとする。

――そう、嗅《か》いだことがある、遥《はる》か昔、懐かしい故郷で。滅多にお目にかかれないはずの、それの名は――

「嘘、でしょう……？」

無意識に呟いた後、私はその香りに導かれるように、ふらふらと歩き出していた。

「おい、どうした。何を急に固まって――って、おい!?」

ヴァルフェンの声も耳に入らない。歩みが駆け足になっていることにも気付かずに、私の心は歓喜の渦《うず》に呑まれていた。

嘘でしょう!?　こんなところであれの香りがするなんて――っ！

心の内で叫びつつしばらく走れば、その香りが濃く漂《ただよ》う目的地へと辿り着いた。

「なんなのこれ！　楽園!?」

今度は実際の叫び声が口から飛び出る。

見渡す限りの緑。私の膝下ぐらいまでの丈の植物が何種類も群生している。しかも、その全てが薬学的に価値のあるものばかり。

……ムウリカの花にエスエラドの実、カルファニル草まで！

ここまで導いてくれた薬草花の他にも、薬学事典でしか見たことがなかったものが多くある。

ありとあらゆる希少種が覆《おお》い茂《しげ》る光景は、まさに圧巻だった。

ま、まるで珍種と希少種の展覧会だわ！

両手で頬を押さえながら、私は目の前の景色に高揚した。

私にとっての薬学とは、生きる糧《かて》であり、没頭出来るたった一つの趣味でもある。生きがいとも言えるだろう。

住処《すみか》から逃げるように（実際逃げたのだが）離れたせいで、在庫として置いてあった薬草達は乾燥させたもの以外全て駄目になっているはずだ。そんな最大の心残りをなんとか考えずにいられたのは、ひとえに状況故《ゆえ》のことだった。

けれど、少し落ち着きを取り戻した今となっては……ここ何日も薬草いじりが出来ていないことに、私は結構な鬱憤《うっぷん》を募《つの》らせていた。

元々私達の一族は、花や草木を愛《め》でるのが好きなのだ。髪や身体に付ける香料は自分で作るし、服を染める染料も自作する。薬草茶をその時々の体調に合わせて飲むので、医者の不養生ならぬ薬師の不養生といったこともない。

ちなみに私の得意分野がその薬草茶で、普通の紅茶と変わらぬ味で美容・薬効共に効果が高いものを精製することが出来るのだ。

そんな、ある意味薬学中毒を患《わずら》う私の前に、この希少種珍種の大博覧会である。狂喜乱舞するなという方が無理な話だ。

「おい、急に走り出して、何が――」

「駄目っ！　動かないでっ！」

「へ？」

後を追ってきたヴァルフェンに向かって両手を突き出し、彼を制止する。

驚いた表情の彼は片足を上げた姿で、ピタリと動きを止めた。間一髪だったようだ。

私はほっと胸を撫《な》で下ろしつつ、ヴァルフェンの足下を指差した。

「貴方《あなた》の足下！　ユタの涙樹《るいじゅ》が生《は》えてるのよっ！」

「ユ、ユタの……？」

「十年に一度しか開花しない希少種中の希少種なの!!　お願いだから踏まないでっ！」

「お、おお……？」

片足を上げたまま戸惑っているヴァルフェンを尻目に、私は急いで彼の足下からユタの涙樹を掘り起こした。もちろん素手である。根を深く張れない薬草が群生しているだけあって、土は柔らかく肥沃《ひよく》だった。おかげで掘りやすい。

よかった。大丈夫だ。傷も付いていなければ、茎《くき》が折れているわけでもない。この種類は傷が付くと駄目になるまでが早いのだ。

「もういいわ」

両の掌《てのひら》に土ごと載せたユタの涙樹をそうっと移動させつつ、ヴァルフェンに声をかける。青々とした幹《みき》と葉、そして半透明な水色の実が、私の手の上でふるふると揺れていた。

「綺麗だな、それ」

ヴァルフェンが私の掌《てのひら》の上をまじまじと見て、感心した風に呟く。

「この透明な水色の実が、ユタの涙樹という名の由来なの。蒼空の神の娘ユタが、戦《いくさ》へ赴《おもむ》く恋人の無事を願って衣を織《お》った際に流した涙が、この実だと言われているわ」

「へえ……なんとも健気《けなげ》な話だな」

「この話はイゼルマールの神話が元になってるのよ。というより貴方《あなた》、ユタの涙樹を知らなかったの？」

どうしてこんな有名なものを知らないのかと、半《なか》ば責めるように問えば、ヴァルフェンは眉を下げつつ困った顔で低く唸《うな》った。

「希少種なんだろ？　戦場で手に入る血止めになる植物だなんだは騎士学校で叩き込まれたが、それ以外の種類まで知っているやつは少ないだろうな」

薬学的にも、金銭的にも価値の高いユタの涙樹を知らないのは、そのためか。

弁解を聞いて納得した私は掌《てのひら》の上で揺れる美しい実をうっとりと眺めながら、知らないままでいるのはもったいないと、ユタの涙樹について少し説明することにした。

「……なるほどね。確かにそれなら知らないでしょうね。でも一応知識として知っておいた方がいいわよ？　丁度現物もあるんだし」

「あ、ああ……」

勢いのまま言うと、ヴァルフェンは若干戸惑ったそぶりを見せて、けれどこくりと頷いた。

「このユタの涙樹はね、一般的に手に入るほぼ全ての毒薬に解毒作用を発揮するの。これ一つ持っておけば、毒殺の心配はなくなるってくらいにね」

私の説明に、ヴァルフェンが感心したように、ほうと息を吐く。

「そんなに凄《すご》いのか、それ。でも見る限り扱いが難しそうだな……すぐつぶれそうだ」

揺れる透明の実に自分の顔を映しつつ言うヴァルフェンがおかしくて、私は笑いながら説明を続けた。

「まあね。これは少しでも傷が付いてしまうと使い物にならなくなるの。だから貴方《あなた》がじっとしてくれて助かったわ。採取する時は土ごと掘り出さないといけないしね。それに、薬草と言っても人間と同じなのよ。生けるものは全て、扱いが複雑なものだわ」

説明など飽きてすぐに中断されるだろうと予想していたけれど、意外にも彼は大人しく聞いてくれた。しかし、自分でも少し調子に乗って話しすぎたと思う。薬草のこととなると周りが見えなくなるのは、私の悪い癖だ。

「きょ、興味ないでしょうね、こんな話」

じっと見られながら聞かれていることに羞恥《しゅうち》を覚えて、俯《うつむ》きがちにそう言うと、思いもよらぬ柔らかさを含んだ声が頭上から降ってきた。

「いや、そんな顔も出来るんだなと感心したところだ。あんた、その方が絶対可愛いぞ」

「なっ……」

唐突な感想に顔を跳ね上げたところ、透き通った蒼《あお》い瞳が嬉しげに私を見つめていた。

「何言ってるのよっ。そ、それより悪いけど、私の荷物入れを見てちょうだい。中に小さな布袋がいくつか入っているから、一つ取ってほしいの」

話題を変えたいのと、手が塞がっているのとで、仕方なしに彼にお願いをする。

すると私の反応を楽しんでいるかのように、ヴァルフェンが笑いながら私の荷物鞄に手をかけた。

「あんた、常は冷静な顔をしている癖に、ちょっと突《つつ》けば慌てるから面白いな。見ていて飽きない」

「……無駄口叩くより、手を動かしてよ」

「わかったわかった」

絶対わかってないだろう、と責めたくなる口調でヴァルフェンが鞄の中を覗き込む。中には元々着ていた衣服の他、ローブの内側に入れていた薬草採取用の布袋がいくつか入れてある。こういう滅多と見つからない希少種を見つけた際に持ち帰るため、常に用意していたものだ。

「ああ、これか。こんな風にして持って帰るんだな」

ヴァルフェンはそう言いつつ、袋に手を入れて取り出そうとして――ふと、動きを止めた。それにつられて、私も目を向ける。

「これ、綺麗だな。誰かからの贈り物か？」

言いながら、彼は私が頼んだものとは違うものを取り出した。

昼の光に照らされて、それは眩《まばゆ》いくらいに輝きを放つ。

「ちょっと、何を勝手に触ってるのよ」

自分が頼んだことも棚に上げて文句を言えば、ヴァルフェンは手に持ったそれ――腕輪を珍しそうに眺め、「これどうしたんだ?」と聞いてきた。

なんでそんなに気になるのよ。女の装飾品なんかが。

……ああ、価値が気になるのかしら。

確かにそれは純度の高い銀製で、一見していい代物《しろもの》だとわかる作りをしている。ある程度ものの価値を知っている人間ならば、そこそこの値を付けるだろう。

蔓《つる》が巻き付くような模様になっている銀の部分は美しいが、中心についている石は高価ではあっても希少性はない月光石だ。淡い乳白色《にゅうはくしょく》の石には百合《ゆり》の紋様が彫り込まれ、上品な輝きを放っている。

「これは母が作ってくれた母の形見なの。贈り物なんかじゃないわ。貴方《あなた》の報酬には出来ないわよ」

「別にそんなことは言わないさ。そうか形見か。あんまりこういったものに興味はないが、綺麗なもんだ」

ヴァルフェンは珍しそうに眺めた後、そっと優しい手つきで荷物鞄の中にそれを戻した。そして小さい布袋を取り出して、勝手に触れたことを謝罪する。

「大事なものなんだな」

「まあ、一応は。国を離れる時に持ち出せたのは、これぐらいだったから」

彼が広げてくれた袋の中にユタの涙樹を入れながら答えると、そうか、と優しい響きの声が落とされた。

別に同情してほしかったわけではない。ただ事実を話しただけだ。

私は気付かないふりをして、ユタの涙樹が袋に収まっているのを確認した。それから、周辺に生《は》えていた蔓《つる》を引き抜き、軽く編《あ》んで輪の形にしたものを二つ組み合わせて袋の上に被せる。こうすれば、移動中もちょっとやそっとでは中身が傷つくことがないので安心なのだ。

ヴァルフェンは、そんな私の行動を不思議そうな顔をして眺めていた。その表情は、まるで興味のあるものを観察している子供のようで少し笑う。

彼は、次に周囲に視線を巡らせ、うーん、と唸《うな》った。

「しかし、ここにあるやつ全部取るつもりなのか？　嵩張《かさば》るだろ」

「流石《さすが》に全部は取らないわよ。めぼしいものだけにするわ。それに嵩張《かさば》るって言うけど、薬にして売ったら一体いくらになると思ってるの」

呆れる私に、ヴァルフェンは首を竦《すく》めてから横に振る。

「薬の相場なんぞ知らないさ。士隊に配給されるものは、国の財務管理官の管轄《かんかつ》だからな」

街にいた時の様子から、金銭感覚はさほどずれていないものだと思っていたが、薬についてはからきしらしい。

私はなるほどと頷いて、彼に相場の説明を始めた。

「そういうことね。じゃあ、ええとそうね、このユタの涙樹、あっちにもいくつか生《は》えてるでしょう？　五つを薬にして売ったら、ざっと金貨二百にはなると言えば、なんとなくわかるかしら」

「……まじか」

概算を伝えると、ヴァルフェンは目を大きく見開いて、眉根をこれでもかというほど寄せ、ぽつりと呟いた。

「その分、加工に手間暇がかかるけどね」

うげぇ、とでも呻きそうな彼の顔に、つい笑ってしまった。

ヴァルフェンはそんな私を見て一言「楽しそうだな」と言って同じく笑みを浮かべる。

こんな風に、場違いな平穏を感じていたからだろうか。

私は、自分達が逃亡者であることや、ヴァルフェンが王国の騎士だったことを失念していたのかもしれない。


次の街がもう目の前というところで、『彼ら』は現れた。

軽装に身を包んだ五人の男の中央に、見知った細面《ほそおもて》の男が一人。

中央の細面《ほそおもて》は、先日飛び出したばかりの住処《すみか》に何度も押しかけてきた迷惑極まりない人物――キルシュである。ついでに言えば、私を手配者にしてくれた元凶だ。

狐のような輪郭に、若葉色の髪。体躯が痩《や》せ気味で、かつ髪を一本の長い三つ編《あ》みにしているせいで、遠目に見れば女性と勘違いする者もいるだろう。

大きな街道のど真ん中にわざわざ立ち塞がってくれているのだから、端《はな》から見れば滑稽《こっけい》にすら映る。

私と同じことを考えたのか、隣に並んだヴァルフェンが呆れた声を出した。

「なんだか見覚えのあるやつがいると思ったら……」

「あら、元はと言えば貴方《あなた》も彼が原因で私のところに来たのよ？　名前なら知ってるはずでしょう？」

そう皮肉を込めて言えば、ヴァルフェンは一瞬眉根を寄せた後、ふむと得心したみたいに呟いた。

「ダイサート子爵は育児方針を間違えたな」

「それは私も同感だわ」

ヴァルフェンの至極真っ当な意見に、大きく頷く。

ぼそぼそとやりとりする私達が気に入らなかったのだろう、中央に立つキルシュが、苛立った様子で口火を切る。

「エレニー＝フォルクロス！　貴様よくも逃げおおせてくれたなっ！　この僕をこんなところまで来させるなんて、万死に値するぞ！！！」

キルシュが痩《や》せた両拳《こぶし》を握りしめ、甲高い声でそう叫ぶ。

するとヴァルフェンがぼそりと、「前も思ったが、アレはいつもああなのか」と呟いた。そのあからさまに嫌そうな物言いに思わず噴き出しそうになって、なんとか堪《こら》える。

まあキルシュはああいう人間なので、以前から知っている私はさほど驚かない。

しかし初対面だったりさほど面識がなかったりする人間には、珍しく映るだろう。

「ああいう男なのよ……と言っても、初めてダイサート子爵に連れられて私と顔を合わせた時は、まだあんな感じじゃなかったのだけど」

「その口振りじゃ、昔から知ってるみたいに聞こえるが」

ヴァルフェンの問いに、首を縦に振って答える。

「実際知ってるのよ。見ての通り痩《や》せ気味で不健康そうでしょう？　昔は病弱で、よく寝込んでいたらしいわ。けれど王都の薬は効かなくて、領地の村人に私のことを聞いてダイサート子爵と一緒に家に来たのよ」

「それはどのくらい前の話なんだ？」

「確か……私がイゼルマールにやってきたのが六年前で、その一年後かしら」

「五年か……結構長いな」

「まあね。でもまさか、あんなに馬鹿なボンクラ息子に育つとは思わなかったわ。本当、将来ああなるとわかっていたら、あの時つっぱねていたのに」

「だろうな」

ヴァルフェンの同意に、ほんの少しだけ溜飲《りゅういん》が下がる。

今のキルシュは、見た目こそ病弱そうに見えるが、中身は健康そのものだ。恐らく私が精製した東国の薬剤が身体に合っていたのだろう。だというのに、時々王都であるゼーリナから領地へ帰っては村人や私に横暴を働いていくのだから、許しがたい男である。

キルシュと私が出会ったのは、私が十七歳で彼が十二歳の時だった。

今の彼は、丁度私が彼と出会った時の年齢になっている。

……もの凄《すご》く残念な成長の仕方をしているのは、見るに堪《た》えないが。

怯えながら私のもとにやってきたかつてのキルシュを一瞬思い出し、すぐさま振り払う。あの頃の彼はもういない。

無垢《むく》な子供が邪念に取り込まれるなど、よくあることだ。かつて私の故郷を滅びに導いたドゥマラ王のように、人は何がきっかけで変化するかわからない。

突然黙り込んだ私に、ヴァルフェンが顔を近づけてきて気遣う素振りを見せる。光の宿る蒼《あお》い双眼を前に、私は口角を上げ大丈夫だと示した。

こうやって彼に気を遣われたのも、もう何度目になるだろう、律儀な男だ。

信じるべきではないと理解しつつも勝手に気持ちが揺らぐのだから、私も大概未熟者だと思う。

監視されているのかもしれないのに。

そうやって出会ってさほど経っていない彼のことを考えていたら、おい！　という怒鳴り声に意識を戻された。

「っいい加減、無視するな！　お前らなんなんだ！　僕はキルシュ＝ダイサートだぞ!?　特にそこの！　お前この前の騎士だろう!?　この反逆者めっ！　どうしてお前がエレニーと一緒にいるんだ!!」

私達が彼を放置していたのが気に入らなかったのか、キルシュは地面をだんだんと踏みながら、怒り狂ったように叫んだ。

私はかねてよりキルシュに名前で呼ぶことを許した覚えはない。だが、彼は勝手にこうやって呼んでくるのだ。

もういい年齢なのだから、最低限の礼儀は弁《わきま》えてほしいものである。

どうやらヴァルフェンも彼の態度が気に障ったらしく、隣に立つ彼から、静かな怒りの気配が漂《ただよ》ってきた。

「……無実の女について王に嘆願書まで出しておきながら、その言い草はなんだ、バカ息子。一人静かに暮らしていたこいつを追いやった張本人は、お前だろうが」

「つううううるさいっ！　そんなの、僕の勝手だろうっ！　お前なんかには関係ないっ！　二人並んで歩きやがって、お前エレニーのなんなんだっ⁉」

ヴァルフェンの言葉に、キルシュは半泣きで真っ赤になって反論していた。彼がこちらに突き付けている人差し指が、少し震えている。

まあ……貴族のぼんぼんを地で行くキルシュだ。荒事に慣れているヴァルフェン相手にそうなるのも無理はない。

度胸も経験も、次元が違うのだから。

そう思っていると、ヴァルフェンが剣の柄《つか》に手をかけたのが視界に入った。

それを見て私も、あら？　と反応する。

なんというか……かなり、怒っている？　というより、切れている様子に見えるんだけど……

いつの間にかヴァルフェンの身体から立ち昇っていた怒気と殺気に、思わず後退《あとずさ》る。

するとヴァルフェンが、まるで地を這《は》うような重たく低い声を響かせた。

「さっきから黙ってれば……エレニー、エレニーと。騎士の女を呼び捨てにして、お前、無事に帰れると思うなよ？」

――待て、誰が誰の女だ。

そう反論しようとしたところ、鋭さを帯びた蒼《あお》い目によって阻《はば》まれる。宿屋でのことを思い出し身体が固まってしまった。

なぜかはわからないが、キルシュはヴァルフェンの逆鱗《げきりん》に触れたらしい。

「……っやかましいっ！　つべこべ言わずにその女を渡せっ！　こ、こっちには五人も傭兵《ようへい》がいるんだぞ！　お前なんて一人じゃないかっ！　女を守りながら、勝てると思うなよっ‼」

ヴァルフェンの気迫に当てられたのか、一瞬白目を剥《む》いたキルシュだが、すぐに気を取り直してそう叫ぶ。

どうやら彼の傍に五人の男達がいるため、強気でいられるらしい。彼の声に従った男達がざっと前に出て構えの姿勢を取った。それに合わせ、ヴァルフェンが私を背に隠すように一歩踏み出る。

キルシュが雇った男達は、いずれも胸や首を防御するための革当てや、大振りの短刀を持っていた。

どこからどう見ても、貴族の人間が関わってよい類《たぐい》の男達ではない。何を目的にして雇ったのかは、まあ一目瞭然《いちもくりょうぜん》だった。

キルシュも大概しつこい。人のことをお尋ね者にしておいて、これ以上何がしたいのか。意味がないのでもう起こってしまったことをとやかく言うつもりはないけれど、顔を見て腹立たしく思うのは仕方ないだろう。

なので皮肉の一つでも浴びせてやろうと、口を開こうとしたのだけど……

「銀髪の兄さん。悪いが、こっちも仕事でね。あんたも結構な遣い手みたいだが、名前はなんてんだ？」

男達の一人がヴァルフェンに問う。

他の四人は、動かない。

「俺か。俺は蒼《あお》の士隊、騎士隊長——ヴァルフェン＝レグナガルドだ。まあ今は反逆者だから、元騎士隊長になると思うがな」

ヴァルフェンが名乗りながら、腰元の鞘《さや》から剣を引き抜く。すらりと現れた長剣の刀身が、銀色に輝いた。

「レグナガルド家……？　こんな、ところにっ⁉」

彼が名乗った途端、キルシュの周囲を取り巻く傭兵《ようへい》達が、口々にヴァルフェンの家名を口にした。

彼らの視線は、剣と彼の銀色の髪に向いている。

何——？

彼の家って、そこまで名が知られているの？　初代の功績で男爵になった家だとは聞いたけれど……

しかも、隊長ってどういうことよ、それ。初耳なんだけど。

鋭い目でキルシュ達を睨《にら》むヴァルフェンの横顔を見つめ、私は驚いていた。確かに部下がいるというようなことは言っていたが、まさかそんな役割を持つ立場だったとは。

士隊の隊長ともなれば、かなりの実力者なんだろう。疾風《しっぷう》の如《ごと》き身のこなしと、確実に相手の急所を捉える冷淡さからして、下級の騎士ではなさそうだとは思っていたけれど……騎士隊長を務めているなんて、流石《さすが》に予想外だった。

「なぜレグナガルド家の現当主が、こんなところに……」

傭兵《ようへい》達の一人が、驚きを露《あら》わに呟く。他の四人もどうやら戸惑っているようで、互いに顔を見合わせていた。

当主？　今、当主って言ったのかしら。

ヴァルフェンが？

騎士隊長の上に、当主って？

ちょっと……一体、どういうことなの？

「なあキルシュの坊ちゃん、俺達は銀蒼《ぎんそう》の獅子《しし》が相手だなんて聞いちゃいないぞ」

「ぎ、銀蒼《ぎんそう》の、獅子《しし》……？」

傭兵《ようへい》達が口々に、そうだそうだとキルシュに詰め寄る。当のキルシュは何がなんだかわからないといった様子で、いかつい男達五人に囲まれ混乱していた。

私も少々混乱している。

私は、男爵家の現当主である、王国士隊の騎士隊長を務める男と逃亡生活を送っていたということなんだろうか。しかも、傭兵達の物言いからするに、二つ名まで持ち合わせたかなりの人物ということらしい。

知らされた正体に、ただただ驚く。

ヴァルフェンは、自分は貴族の端くれで、蒼《あお》の士隊に属する騎士だとしか言わなかった。言う必要がなかったのかもしれないが、本人からそれを聞くのと、他人から聞くのとでは衝撃の重さが違う。

「本当なの？」

「……まあな」

鋼《はがね》の剣を構えたままキルシュ達を見据えるヴァルフェンに確かめれば、ごく短い答えが返ってきた。

「何か、関係あるか？」

ヴァルフェンが視線だけを動かし、私に問い返す。彼は何か物言いたげな様子に見えたが、考えるよりも先に口が動いた。

「いいえ別に。貴方《あなた》が私を担《かつ》いで逃亡したことも、貴方《あなた》をここまで傭兵《ようへい》として雇ったことにも関係はないわ。驚きはしたけど」

真っ直ぐ見据えてそう告げると、彼はふっと目を細め、薄い唇を笑みの形に変化させた。

「やっぱり、いいなあ、あんた」

そして、唇から零《こぼ》すように呟いた。

「何がよ」

もう何度か繰り返したやりとりに、またかと思いつつも、いつもの調子を取り戻し拗《す》ねてみせる。

するとヴァルフェンは嬉しそうに、口元に浮かべた笑みをより深くした。

その一瞬緩《ゆる》んだ空気を、キルシュの金切り声が引き裂いた。

「う……うるさいっ！　うるさいうるさいうるさいっっ!!　僕は騎士のことなんてどうでもいいっ!!　お前ら、あの女を僕のところに連れてこい！　金は払っただろう！　行けよ！」

キルシュは真っ赤な顔のまま傭兵《ようへい》達に命じた。しかし傭兵《ようへい》達はヴァルフェンの顔を見て、それからキルシュに目をやり、首を横に振る。

「なんでだよっ!?　僕はダイサート子爵の息子だぞ！　お前ら、貴族を敵に回すつもりか！」

尚《なお》も怒りを露《あら》わにするキルシュの前に、五人いる傭兵《ようへい》の内の一人が彼の前に進み出る。

「な、なんだよ！　僕に刃向かうのかっ!?」

「……あのなぁ、坊ちゃんは知らんだろうが、蒼《あお》の士隊の隊長ヴァルフェン＝レグナガルドっつったら、俺ら傭兵界隈《ようへいかいわい》じゃ、知らぬ者がいないくらいの武人なんだよ。銀蒼《ぎんそう》の獅子《しし》って二つ名までついてる。そんな相手にあの報酬じゃ、割に合わねぇんだ」

傭兵《ようへい》が、キルシュに向かって呆れたようにそう言った。それを聞かされたキルシュは、なら報酬を上げると言い募《つの》ったが、傭兵《ようへい》は再び首を横に振る。

「いくら傭兵《ようへい》でも、こんなところで命をかけるつもりはない」

傭兵《ようへい》はきっぱりとキルシュに言って、恐らく報酬として受け取っていたのだろう布袋を足下に置き、その場を去っていった。

キルシュは立ち尽くし、呆然と彼らの背中を見送っている。

なんだか、今度は私達が置いてきぼりにされている気がするが、気のせいだろうか。

多分気のせいではないだろう。

「ねえ、そういえば、銀蒼《ぎんそう》の獅子《しし》ってどういう由来？」

「言うな。勝手に周りがそう呼んでるだけだ」

傭兵《ようへい》が口にしていた二つ名を本人に向けて茶化したところ、目元を染めながらふいっとそっぽを向かれてしまった。

大仰な名前を持つ男の照れた様子に思わず笑う。

「――で、キルシュ、貴方《あなた》はそれでどうするの？」

雇った傭兵《ようへい》達全員に去られ、一人ぽつんと立ち尽くしているキルシュに声をかける。すると彼の細い肩がびくりと震え、それからか細い声が聞こえた。

「エレニーが……エレニーが悪いんだ……僕に毒を盛ったりするから……僕は、僕はっ!!」

まるで駄々《だだ》っ子みたいに首を嫌々と振りながら、キルシュが小さな声で繰り返す。やっと見えた十七歳の少年らしい仕草に、私はされた仕打ちも忘れ、キルシュのことがなんだか可哀想になってしまった。

「キルシュ、どうして貴方《あなた》、こんなところまで追ってきたの？　私に復讐《ふくしゅう》したかったなら、嘆願書が受理された時点で望みは叶ったでしょう？　私はこの通りお尋ね者で、もうこの国にはいられないわ。貴方《あなた》の前に今後一生現れない。これだけやれば、十分なんじゃない？」

諭《さと》すみたいに言えば、キルシュは立ったまま拳《こぶし》を握りしめ、下を向き唇を引き結んだ。そんな彼を見て、ヴァルフェンが大きな溜息を吐き出し、手にしていた剣を鞘《さや》にしまう。

「お前――キルシュ、いい加減にしろ。手に入らないからって足掻《あが》けばいいってもんじゃないだろう。エレニーがお前のことを男とすら思ってないのは気付いてるんだろ？」

カチンという金属音の後に、彼の怒ったような呆れたような声がした。

……はい？

私は思わず口を開け、ヴァルフェンとキルシュの顔を交互に見やる。

「な、なな……っ！　そんな、そんな女のことなんて、僕は……っ！」

ヴァルフェンの指摘に、キルシュが細い顔を赤に染め上げて、涙声混じりに叫ぶ。裏返った声は、図星を突かれたことの羞恥《しゅうち》によるものだろうか。

……え？

キルシュが、私を？

思いも寄らない話にぽかんと呆気にとられていると、私の前にいるヴァルフェンが嘆息した。

「どこからどう見てもそうじゃないか。あんた、気が付かなかったのか？」

はあーっという長い溜息には、どうして気付かないのか、と言わんばかりの響きが含まれていた。

「わ、わかるわけないわよっ」

ヴァルフェンの指摘に、私は咄嗟《とっさ》に声を上げる。

どうしてそういう結論に至るのかわからないが、今のキルシュの態度を見るに、つまりはそういうことらしい。

だとしても、私にそんなこと理解出来るはずもない。やたら嫌がらせをしてくる領主の息子が自分を好いているなどと、思うわけがあるだろうか。

それに長い間独りで過ごしていたのだ。そういうことに鈍くなっても致し方ない……と思う。が、しかし、ヴァルフェンはそうは思わなかったらしい。

「鈍感にもほどがあるだろう。僅《わず》かだがやつに同情したぞ」

「そ、そう言われても……っ」

被害者は自分のはずなのに、どうして加害者扱いされているのかわからない。

なんと返すべきかと考えながらキルシュを見れば、彼は顔どころか首も耳も真っ赤に染め、わなわなと小刻みに震えていた。どうやら、ヴァルフェンに自分の気持ちをばらされたことが、余程恥ずかしかったらしい。

「キルシュ……だから貴方《あなた》、領地に来る度《たび》に私にちょっかいをかけてきたのね？　畑を荒らしたり、部屋に押し入ってきたり、妾《めかけ》になれって言ったり……」

普段は王都で他の貴族令息達と過ごしている彼が、どうして領地に帰る度《たび》に私のもとに来るのか、理由がわからなかったのだ。一人で過ごしてる私のところにわざわざやってきて、何が楽しいのかと思っていたけれど、あれは恐らく会いに来ていたつもりだったのだろう。それにしても、許せる行為ではなかったが。

キルシュに駄目にされた希少な薬剤は数知れず、精魂《せいこん》込めて育てた薬草畑を踏み荒らされたことも何度かある。

そんな相手に、嫌われていると思いこそすれ、どうして好かれていると思えるだろう。正直言って、無理だ。

「ごめんなさいね、キルシュ。私は誰とも一緒になれないし、そうする気もないの。貴方《あなた》は貴方《あなた》に合う人がいつか見つかるから、それまでにちゃんと——」

ちゃんとした人になれるように、人生を学んでほしいと言うつもりだった。

けれど、その言葉はすぐ傍から湧き出した冷気によって、喉奥に押し留められた。

さ、寒っ！　なんだか急に寒くなったわっ！　なんでっ⁉

ぶるりと冷え込みそうなほどの冷たさの出所を探せば、なぜか、ほぼ目の前にいたヴァルフェンへと行き着く。

彼の纏《まと》う空気が赤い怒気から、厳しい冷気に変わっていた。

「ほお……妾《めかけ》……？　このクソガキ。あんたにそんなことほざいたのか……？　しかも、部屋に押し入ったって……？」

ヴァルフェンの口から、悪魔みたいな恐ろしい声が漏《も》れる。その声に、私もキルシュも、二人同時に固まった。

こ、恐っ！　な、ど、どうして？　どうしてヴァルフェンがこんなに怒ってるの……⁉

キルシュが私の名前を呼んだことに文句を言っていた時とは比にならないほどの迫力だ。

あまりのことに、傍にいるだけの私ですら凍り付いたみたいに動けない。

怒りの矛先《ほこさき》であるキルシュに至っては、白目を剥《む》いた状態で棒立ちになっている。

あれはもしかして……立ったまま気絶してるんじゃ……？

「世間知らずのガキをどうこうするつもりはなかったが……一度くらい、痛い目を見ておくか……？」

ヴァルフェンが笑顔で怒りの冷気を振りまきながら、キルシュのもとへと歩み寄る。

迫りくる恐怖で流石《さすが》に正気に返ったのか、キルシュは細い顔を恐怖に歪《ゆが》め、一歩、二歩とじりじり後退した。

「エレニーは……僕のだ……！　お前なんかより、ずっとずっと前に出会ってた……っ！　だからっ」

「やかましい。惚れた女を守ることも出来ないやつが、大層な口をきくな。自分を磨きもせず親の甘やかしに胡坐《あぐら》をかいていたガキなんぞを気に入るわけないだろ。……お前自身も、それに気付いている癖に」

キルシュの弱い反論に、ヴァルフェンが大人の道理でもって返す。

ダイサート子爵は、領地ではなかなか評判のよい人物だったけれど、子の教育については全く関知しなかったのかもしれない。そういえば、病弱なキルシュを私のところに連れてきた時以来、彼らが一緒にいるのを見たことがなかった。

もしかすると、キルシュは父親から放置されていたのだろうか。そう思うと、やはり少し気の毒な気がした。

「……だってっ！　父さんが言ったんだ！　エレニーなら、僕の……寂しさを埋《う》めてくれるってっ……！　父さんがっ！　嘆願書にエレニーの正体を書いて討伐隊が来たら、エレニーはきっと、僕を頼ってくるって……っ！　だから逃げた後も、追いかけろって言われたんだ……」

「ダイサート子爵が……？」

キルシュの言葉に、耳を疑った。ヴァルフェンも同じだったのだろう、身の内から発していた殺気を抑え、キルシュの顔を怪訝《けげん》な顔で眺めている。

「おい、すると何か、嘆願書を出したのは、お前じゃなくダイサート子爵か？　しかも、お前にエレニーの後を追えと言ったんだな？」

どういうこと――？

ヴァルフェンと私の視線が合わさる。

確かに、なぜ私の素性が知れたのか、それがずっと気にかかっていた。見た目でわかるわけでなし、ただ薬師として辺境地で暮らしていただけだ。なのにそこへ、突然の討伐命令。不自然と言うほかない。

キルシュに薬を盛ったことについて、私は子爵から礼の手紙までもらっていたのだ。それを考えれば、彼が息子の怒りを聞き届け王へ書面を認《したた》めたとは考えにくい。とすると、子爵が私の素性を知っていた理由と、キルシュをけしかけ、討伐の騎士を差し向けた理由が必要になる。

「何か裏があるのかもしれないな……」

怯えるキルシュを前に、ヴァルフェンは険《けわ》しい表情で零《こぼ》した。

「キルシュ、お前、もう帰れ」

「え……」

ヴァルフェンが、すっとキルシュから離れ、私の隣に戻ってから鬱陶《うっとう》しそうに言った。

先ほどまでの怒りはどうやら落ち着いたようだが、その代わり蒼《あお》い瞳には冷たい光が薄く輝いている。どうやらもう手を出すつもりはないらしい。

まあ、元からキルシュに本気で手を出す気があったかどうかは微妙なところだけれど。

「で、でも……」

キルシュは、ちらちらと私の方を見ながらどうしたらいいか迷っている様子だった。

「お前の相手をしている暇はないんだよ。エレニー、この感じじゃ、急いだ方がいいだろう。きな臭いどころの話じゃないぞ」

「え、ええ……私もそう思うわ」

ヴァルフェンに同意しつつ、私はキルシュに向き直り、かつて幼かった——そして今も内面は幼いのだろう青年を見つめた。

「じゃあ……キルシュ、元気でね」

それから、別れの言葉を告げる。

独りでずっと過ごすのだと思っていたあの頃、それでも村の人と関わりを持つようになって、キルシュとも関わって……なのに私は理解出来ていなかったのかもしれない。

誰かと関われば、相手や自分になんらかの影響をもたらすということを。そして、生きていく以上、誰とも関わらずに過ごすのは難しいということを。

「エレ、ニー……」

私の声を聞いて、キルシュが細い顔を上げた。彼の若葉色の瞳には涙が一杯浮かび、今にも零《こぼ》れ落ちそうだ。

こんな彼の顔を見るのは初めてで吃驚《びっくり》していると、キルシュは音が聞こえそうなほどぎりりと歯を噛み締めた。そして、ぶつぶつと何かを呟き始める。

「キルシュ――?」

やがて、彼はかっと目を見開いて、勝ち誇ったような微笑を浮かべた。

「エレニーが……いけないんだっ！　僕のものにならないからっ！　僕は、ずっと、五年前から――っ!!」

キルシュが叫びながら、私に向かって何かを投げた。

いち早く反応したヴァルフェンが剣でそれを叩き落とそうとしたけれど、不思議なことに、『ソレ』は彼の剣先が近付いた瞬間軌道《きどう》を変えて、真っ直ぐ私に向かって飛んでくる。

な、何――!?

ぶつかる、と思った刹那《せつな》、私は咄嗟《とっさ》に両腕を前に差し出した。

しかし、まるでそれを待ち望んでいたかのように、それは私の右腕に生き物みたいにするりと巻き付き、冷たい金属へと変化した。

「エレニーっ!!」

ヴァルフェンが、焦りを滲《にじ》ませた声で私を呼んだ。

けれど、手首に巻き付いた冷たい感触が恐ろしい速さで体力を奪《うば》い、壮絶《そうぜつ》な疲労感を私にもたらす。

何、これ。なんなの。

このとてつもなく、嫌な感じは――

「これで、これでエレニーは僕のものだっ……!!」

勝ち誇ったキルシュの声など、最早耳に入らなかった。

手首に纏《まと》わり付くその腕輪を見て、私は驚愕《きょうがく》に目を見開く。

私の腕で、かつて同族が『秘術』と呼ばれる手法によって作り出した遺物が、怪しい輝きを放ちその存在を主張していた。

これは……もしかして、封輪《ふうりん》なの?

私達一族の先人たる魔女が作り出したと言われる、智の『遺物』の数々。

それらの存在は知っていた。いくつか現物も見たことがあるし、低級なものなら私も二品ほど持っている。

けれど今、この手に嵌《は》まっている封輪《ふうりん》は、知識としてしか知らなかった品だ。

魔女の一族が作り出した、その名の通り魔女の能力を、命を封じ込めるもの。

「封輪《ふうりん》なんて……っ！　キルシュ！　貴方《あなた》こんなものをどこで……っぁ!?」

キルシュに向けて叫んだところで、身体の中心にどんっと圧力がかかり、呼吸が止まった。

体力も、身の内の少ない魔力も、命すら削っていかれる感覚に、確実に私を殺そうとしているのだと本能で理解する。

「き、効いているみたいだな！　それは父さんがくれたものだ！　エレニーが欲しいなら、これを使えば素直になるって言われたんだ！　その様子じゃ、父さんの言葉通りだったみたいだ！」

高い嗤《わら》い声を響かせて、キルシュがご丁寧にも出所を吐いてくれる。私は彼を愚かだと思いながら、崩れ落ちた身体をなんとか膝と腕で支えていた。

身体が重いなんてものじゃない。大気が私だけを押し潰そうとしているようだ。

「エレニーっ!?　キルシュ、お前何をした!?」

ヴァルフェンが焦りと苛立ちを含んだ声でキルシュを怒鳴る。私の身体を彼が支えてくれたのが振動でわかった。浅い息を繰り返しつつ視界に映っているキルシュを見れば、彼はヴァルフェンの剣幕に恐れをなしたのか、ぶるぶると震えていた。

「馬鹿野郎っ！　これを見ろっ！　素直になるどころじゃないっ……どんどん血の気が引いている……！」

「そ、そんな、だって、ち、違う……っ！　父上が……それを使って自分のものにしろって……！」

狼狽《うろた》えたキルシュが、恐ろしい考えを口にする。

その言葉に、もしかすると全ての黒幕はダイサート子爵だったのかもしれないと今更ながら気が付く。しかし、意識が朦朧《もうろう》としていく中では、その理由が考えられない。

私の身体を支えてくれる大きな手が、かろうじて意識を留めてくれている。

「エ、エレニーがいけないんだっ!! 僕のものにならないから……っ！ だから！」

キルシュは泣きながら自分のせいではないと叫んでいた。

十代で、ともすれば父親に利用されたのかもしれないことを考えれば、少しだけ気の毒な気持ちが湧く。私がもっと早く彼の想いに気付き、答えをあげていれば、キルシュはああはならなかったのかもしれないとも思う。

独りを好み、他人と関わるのを避けて過ごしてきた代償が今、自分に降りかかっている気さえしていた。

「ガキの戯言《ざれごと》に付き合っている暇はない！ 失せろっ!!」

激昂《げっこう》したヴァルフェンがキルシュを怒鳴りつけ、細く痩《や》せた身体が尻餅をついたのがぼんやり見えた。それから彼はあたふたと立ち上がり、そのまま走り去っていく。

ああ、もう駄目だ。

キルシュが去ってすぐ、私の身体が限界を訴えた。これ以上意識を保っていられない。

重くのし掛かる圧力が、生命力を奪《うば》っていく。虚《うつ》ろな視界が闇の中へと落ちていくのがわかった。

「おいっ！ 大丈夫かっ!? ……おいっ！ エレニーっっ！」

必死に叫ぶヴァルフェンの声に、重たい唇を動かそうとしたけれど叶うはずもなく、ふつりと思考が途切れた――

第三章　勘違い魔女は討伐騎士に守られる。

――闇に閉ざされた意識の中で、声だけが鮮明に響く。

『エレニーが……いけないんだっ！　僕のものにならないからっ！　僕は、ずっと、五年前から――っ！』

キルシュが、勝ち誇った顔で私に向かって叫ぶ。彼が口にした五年前とは、私と彼が初めて出会った時のことだった。

思い返せば、キルシュは度々私のもとを訪れ、畑を荒らしたり小屋を荒らしたり、まるで子供が親の気を引きたいがためにするような馬鹿馬鹿しい行為を繰り返していた。

あれがまさか……私へ想いを寄せてのことだったとは、微塵《みじん》も思わなかったのだが。

その事実が、酷く私の心を揺るがせる。

――故郷を離れ、国を移り、独り平穏に過ごすことを望んできた。

それで十分だと思っていた。東国の先王によって多くの命が失われた最中に逃げ延びた自分は、生かしてくれた人のためだけに生きなければいけないのだと感じていたのだ。

だから、罰《ばち》が当たったのだ。生きること以上を望むのは許されないと思い込み、他人の感情に関心を向けなかったから。

キルシュが私に使ったのは、魔女の遺物と呼ばれる特殊な品の一つ、封輪《ふうりん》だ。

その効果は魔女の血を引く者のみに限定され、封輪《ふうりん》という名の通り魔女の魔力や命を封じる。また、一度装着すると魔女の血を引く者にしか外すことができなかった。

四国間で秘密裏《ひみつり》に奪《うば》い合われている遺物を、どうやって彼の父であるダイサート子爵が手に出来たのかは知る由《よし》もない。だが、キルシュのことを考えると、今後の彼が心配になった。

ダイサート子爵は、何を考えているのか。

私と子爵に接点があるとすれば何か。

答えに辿り着かないことがもどかしくて、身を捩《よじ》りながら瞼《まぶた》を薄く開くと、間近に見覚えのある銀と蒼《あお》が広がっていた。

「エレニー!?　起きたのか!?　大丈夫か!?」

意識を取り戻した私が最初に目にしたのは、ヴァルフェンの弱り切った表情だった。

眉尻をこれでもかというほど下げ、おろおろとしている様子は、本当にヴァルフェン本人なのかと疑うほどだ。

もう少し私が衰弱していたら、夢でも見ているのかと思ったかもしれない。

「ここは……私、どのくらい寝ていたの？」

相変わらず身体は重いが、なんとか起き上がり周囲を確認する。すると、私は寝台の上にいた。

ヴァルフェンにはまだ寝ていろと言われたが、時間が経ったためか、封輪《ふうりん》の魔力に身体が慣れたためか、先程よりは辛さが軽減されている。滅多に使わない微々たる魔力でも、なんとか踏ん張ってくれているらしい。

恐らく体内の魔力を封輪《ふうりん》への抵抗に総動員しているからだろう、気を抜けば崩れ落ちそうながら、ぎりぎりの均衡《きんこう》を保っている。

ヴァルフェンは起き上がった私を心配そうに見ながら、私が倒れた後の経緯を話してくれた。

「……ここは宿屋だ。街の中で、あれから丸一日経ってる。キルシュが去った後、俺は倒れたあんたを抱えて街に向かおうとしたんだ。そうしたら――」

言葉の途中で、ヴァルフェンが扉の方へ目を向けた。同時に、コンコンと扉を叩く音が木霊《こだま》する。

「入ってもいいかしら？」

扉越しに聞こえる、可愛いらしい女性の声。驚いてヴァルフェンを見つめると、彼は大丈夫だと囁《ささや》いて、外の人へ声をかけた。

「ああ、今目覚めたところだ」

ヴァルフェンの返事の後、お邪魔しますと再び可愛らしい声が続いてから、遠慮がちに扉が開く。

するとその隙間からゆっくりと、深い碧玉色《へきぎょくいろ》のドレスを纏《まと》った女性が姿を現した。

綺麗な人――

新緑芽吹《めぶ》く森の精と見まごうほどの美女を前に、私は体調のことすら忘れて感嘆の息を吐いていた。

濡《ぬ》れ羽《ば》色の長く黒い髪と、碧玉《へきぎょく》の瞳。白く透き通った肌と整った顔立ちからは、楚々《そそ》とした印象を受けた。

……ここまで美しい人を見たのは初めてだ。

「初めましてエレニーさん。レティシア＝ハイエンよ。ここから少し行ったところにあるハイエン領を治める子爵の娘なの」

碧玉《へきぎょく》の目を柔らかく緩《ゆる》ませ、レティシア嬢が淑女の礼の姿勢をとった。その所作は、貴族のご令嬢らしく品がある。

「このお嬢さんが、俺とあんたをここまで運んできてくれたんだ」

ヴァルフェンが、彼女にすっと頭を下げてから私に向き直り説明してくれた。

私も彼にならい頭を下げようとしたが、レティシア嬢によって止められる。

「あたしが勝手にしたことだから。気にしないで。屋敷の近くで、貴女《あなた》を背負って歩く彼を見て放っておけなかっただけ」

そう言って、レティシア嬢は茶目っ気たっぷりのウインクを見せてくれた。清楚な印象とは異なり、結構さっぱりとした性格の女性のようだ。好ましい空気を持つ人だと、直感的に思う。

「……で、わけありなのは見てわかってるし、事情を深くは聞かないわ。ここの宿の主人はうちのお父様と長い付き合いがあるから、好きなだけいて大丈夫よ。安心してね」

明るい笑みを浮かべるレティシア嬢だけれど、私は首をゆっくりと横に振った。私達が今どういう状況にあるか、忘れてはいなかったからだ。

「有り難うございますレティシア嬢。しかし私達には、長居する時間の余裕がないのです。明日には発《た》つつもりですので、それまで置いていただけるだけで十分です」

「エレニー、それは」

ヴァルフェンの声を視線で遮《さえぎ》り、私はレティシア嬢へ微笑んだ。

森に似た空気を纏《まと》う彼女が好ましかった。

だからこそ今の状況に、彼女や彼女に連《つら》なる人を巻き込みたくない。

それに一応、腕に嵌《は》まった封輪《ふうりん》の対処については、あてがないわけではなかったのだ。

ヴァルフェンにはまだそれを伝えていないから、彼も引き留めようとしたのだろう。

まあ、あてがあっても、そこに辿り着くまでは体調が辛いことには変わりないが。

しばらくは耐えるしかないと気持ちを引き締めた時、それを崩すようなおっとりとした声で話しかけられた。

「ん〜〜……そおねぇ、ちょーっと女同士で話したいのだけど、いいかしら？」

「え、ええ。それはかまいませんが……」

美しさと可愛らしさの両方を備えたレティシア嬢の提案に、私は戸惑いながらも了承した。

すると、ヴァルフェンがすっと立ち上がり席を立つ。

「わかった。なら俺は外そう」

彼が静かな足取りで部屋を出てから、レティシア嬢は満面の笑みでちょっと失礼と断りを入れて、寝台の私の足下付近に腰かけた。

どんな話かと身構えていた私は、その軽《かろ》やかな様子に呆気にとられてしまう。

「あのねエレニー。って、エレニーと呼んでいいかしら？　呼びたいのだけど」

からりと笑って尋ねられて、特に不満はないので頷く。すると彼女は有り難うと言ってから、本題を切り出した。

「えーっとね……エレニーと、さっきの彼を街道で見つけた時にね、あたしってば彼が貴女《あなた》を攫《さら》った人攫《さら》いか何かだと勘違いしちゃったの」

「……え？」

驚く私に、レティシア嬢は首を竦《すく》めながら話を続ける。

「だってねー、あの時の彼ってばもう、寄るな触るな近寄るな、寄らば切る！　って言わんばかりに殺気放ちまくってたんだもの。顔なんて極悪人さながらで、凄《すご》い恐かったし。ほーんと、ここへ連れてくるために説得するの、大変だったんだから。道行く人が皆恐れおののいて、あたしくらいしか声をかける人がいなかったのよ」

レティシア嬢が両手を上に向け、お手上げの動作をする。

「はあ……」

私はその話を聞いて、生返事を返してしまった。

ヴァルフェンが？　殺気立ってた？

まあ確かに、突然人が倒れたら焦りもするだろうが……殺気立っていたというのは、流石《さすが》に尋常ではない気がする。

もしかすると、彼は私を守ろうとしてくれたのだろうか。他人を寄せ付けないほどの気概を持って、必死に。

「あ、信じてないわね？　でも本当なのよ。実際あたし、切られかけたもの」

――嘘。

笑顔で物騒な事実を告げられ、私は口を開けて固まった。

あのヴァルフェンが、この目の前にいる女性を？　ドレスを着ていて、見るからに丸腰の。

レティシア嬢を、切ろうとした――？

「まあ、急に馬車を横付けして声をかけたあたしも悪かったんだけどね。馬車の窓から顔を出した時に、剣を突き付けられたのよ。殺されるかと思ったわー……。でも寸止めしてくれてたから、そのまま彼を説得したの。休めるところまで送らせろってね。それで、なんとかここまで連れてきたのよ」

「そう、だったんですか……」

「ええ。しかも今の今まで、彼ってば貴女《あなた》のもとを離れなかったのよ？　どうせ今も扉の前にいるんじゃないかしら」

そう言って、レティシア嬢が扉に視線を移す。すると扉は少しだけ隙間が空《あ》いていて、完全には閉められていなかったことに今更気付いた。

「そうでしょ？　銀色の騎士サマ」

レティシア嬢は確信しているらしき表情で、扉の向こうへ声をかける。

「……弱っている人間を、一人には出来ないだろ」

扉の外からは、どこかふて腐れたような声が返ってきた。

本当に、いた。

というより、ずっといたのだろう。驚きと、くすぐったさが胸に湧く。身体が弱っているせいだろうか、ヴァルフェンの態度が素直に嬉しかった。

「あの、どうして彼が騎士だと……」

レティシア嬢の言葉が気になった私は、彼女に問いかけた。

途端、彼女は大きな瞳をぱちくりと瞬《また》かせ、きょとんとした顔をする。

「あら？　本当に騎士だったの？　あたしは貴女《あなた》を守る彼の様子がまんま騎士だったから、そう呼んだんだけど」

言われて、しまったと内心焦る。言い訳にしかならないが、この状況もあって警戒をつい怠《おこた》っていた。

無駄な情報を与えては、彼女にも迷惑をかけてしまうかもしれないというのに。

そんな私の心を見透《みす》かしたように、レティシア嬢は穏やかな微笑を浮かべながら優しい手つきで私の手を取り、きゅっと握った。

「大丈夫よ。口外するつもりなんてないわ。外の彼に叩き切られたくないもの。それに多分、あたしはそういう人間じゃないって思ってくれたから、彼も口を挟まなかったんでしょうし？」

レティシア嬢が、扉の向こうにいるヴァルフェンにも聞かせるみたいに言葉を投げる。

声音には、どこか悪戯《いたずら》めいた響きがあった。

「……貴族のご令嬢にしては、なかなか聡《さと》いな」

「あら、有り難う。でもあたし本当は貴族じゃないの。養女なのよ」

扉越しに聞こえたヴァルフェンの声に、レティシア嬢はからからと笑いつつ衝撃的な台詞《せりふ》を告げた。

「養女……」

「そ。だから本当は平民なのよ。まあ、日本で生きていた頃も平民だったし……」

「え……？」

聞き慣れない単語に首を傾げると、レティシア嬢は片手をぱたぱたと振り、笑顔で肩を竦《すく》めてみせた。

「ごめんごめん。気にしないで。こっちの話だから。……まあとにかく、あたしはほんとは貴族じゃないのよ。しかも引きとってくれた家が貧乏貴族なせいで玉《たま》の輿《こし》を狙わなきゃいけなくって。それで明日王都で開催される貴族の夜会に出るために、こんな格好して馬車に乗ってたってわけ。でもよかったわ。おかげで貴女《あなた》達に会えたし」

細く白い指先でドレスの裾をつまんだレティシア嬢が、大輪の笑顔の花を咲かせる。語られている話は決して軽い内容ではないというのに、彼女の表情に悲愴《ひそう》さは微塵《みじん》も感じられなかった。

「ドレス……とてもよく似合ってます。綺麗です」

見た通りの感想を述べると、彼女は朗《ほが》らかに微笑み寝台からすっと立ち上がった。その様《さま》は、まるで凛《りん》とした白百合《しらゆり》のようで、私は束の間、目を奪《うば》われた。

「有り難う。エレニー、あたしね、明日の夜会はこれ以上ないってほど頑張るわ。養父母に恩返しするのはもちろんだけど、だからと言って好色な爺《じじい》の後妻になるつもりはないの。最後まで諦めずに、ちゃんと好きになれる素敵な人を探してみる。だから貴女《あなた》も……頑張って」

晴れやかな笑顔で励まされ、自然と目の端に涙が浮かんだ。事情を隠しているのに、それを察した上で心底から心配してくれているのを感じたからだ。

目を伏せた私の手を、レティシア嬢が優しく撫《な》でる。

「あたしの故郷の言葉でね、困った時はお互いさまとか、旅は道連れ世は情けとかいう言葉があるの。あたしもこの世界で……ううん、この国で今の養父母の優しさに助けられた。だからあたしも貴女《あなた》達を見た時、なんとかしてあげたいと思ったの」

レティシア嬢が再び微笑む。どこか遠い場所を思い浮かべているような複雑な微笑に、彼女にも私と同じく故郷に帰れない理由があるのかもしれないと感じた。

「有り難う、ございます……レティシア様の故郷は、とても素敵なところなのですね」

慈愛溢れる彼女の碧《あお》い瞳に、私は精一杯の感謝を言葉に込めた。

人の温《ぬく》もりや、優しさがこれほど心に染み入るものだとは、ヴァルフェンに連れられあの場所を離れるまで知らなかった。穏やかな独りを好み、その気楽さに胡座《あぐら》をかいていた頃のままでは、恐らく知り得なかっただろう。

レティシア嬢は、一瞬だけ憂《うれ》い顔をした後、少女のように可憐にくすくすと笑い声を響かせ、綺麗な指先で私の涙を拭《ぬぐ》ってくれた。彼女の碧《あお》の瞳が、美しく輝く。

「エレニー。貴女《あなた》のその紫紺《しこん》の髪と瞳も、とても綺麗だわ。特に瞳は……厳しさも、悲しさも知っている目をしてる。貴女が貴族の子女でないのなら、いつか出来るあたしの子の先生になってほしいくらいだわ」

　彼女は弾んだ声でそう言って、目を緩《ゆる》やかに細めた。

　貴族の子女が幼い時分につけられるという家庭教師《ガヴァネス》については、私も知識として知っていたが、まさか貴族令嬢に直々《じきじき》に言われるとは思わなかった。でも、正直なところ嬉しい。

　何より、レティシア嬢の目が、世辞ではなく本気なのだと信じられる真摯《しんし》なものだったことが、私の気持ちを温かくしてくれた。

　魔女である私が、薬師以外になれるかどうかはわからなかったけれど、彼女の言葉に、いつか誰かを導く役目を負うのも悪くないかもしれない、と思えた。

　それからしばし、私はレティシア嬢と久方ぶりに女性同士の会話を楽しんだ。こんな故郷にいた頃は当たり前だったことすら、六年以上出来ていなかったのだなと今更ながら実感する。

「それじゃそろそろ、銀色の騎士サマに恨まれそうだから退散するわね」

　揶揄《からか》うようにそう言って、レティシア嬢は綺麗な微笑みを残し部屋を後にした。彼女が出てすぐ、待ち侘《わび》びたとばかりにヴァルフェンが扉から滑り込んできて、心配そうに寝台の傍に立つ。彼の眉間には深い皺《しわ》が刻まれていて、痛ましく思えるほどだ。

「そんなに慌てなくても、もう倒れたりしないわよ」

「どうだかな。まだ酷い顔色をしてる」

　確かに身体のどこもかしこも重く、声を出すだけでも辛いが、それでも話をしないわけにはいかなかった。

ヴァルフェンに、言っておくべきことがあったからだ。

「ねえヴァルフェン」

「なんだ」

あまり呼び慣れていない彼の名を呼ぶ。私の見間違いでなければ、彼が蒼《あお》い目を嬉しそうに細めた気がした。

「私の荷物は、あるかしら？」

「ああ、ここにあるぞ」

ヴァルフェンは答えながら、寝台の下にあった私の荷物鞄を取り出した。私は彼に指示を出し、荷物鞄の中から二つの袋を出してもらう。

一つは金貨が入ったもので、もう一つはこの旅に出る前、住んでいた場所でユタの涙樹を薬剤に精製したものを入れていた。

「これが……どうかしたのか？」

ヴァルフェンが二つの袋を手で持ち、怪訝《けげん》な顔をする。私は重い舌を動かし、彼に言うべき内容を告げた。

「それを、貴方《あなた》の報酬にしてちょうだい。出来れば、何かあった時のためにユタの涙樹でできた薬は売らずに持っておいて。他国でも、これはなかなか手に入りづらいと思うから」

なんとか言い終えて、私はふうっと大きく息をついた。大仕事をやり遂げたような酷く重い圧が頭や胸や、全身にかかる。少しの時間しか起きていないのに、かなりの疲労感を覚えているあたり、封輪《ふうりん》の負荷が相当身体にかかっているのだろう。

ここまで言えば、私がどうするつもりなのか、彼にも伝わったはず。

私達二人は、互いに追われている身なのだ。どちらか片方が倒れた場合、置いていかなければ自分も捕まることになる。それがわかっていたから、私はヴァルフェンにここで別れるべきだと伝えた。

彼が私と共にいることが監視のためなのかどうかはもうどうでもよかった。ただ、ヴァルフェンというこの実直な騎士に、これ以上迷惑をかけたくないと思ったのだ。

言い方が遠回しだったことは、否定しないけれど。

「何を、言ってるんだ……？　そんな状態でっ!!」

ヴァルフェンが、怒りを押し殺した声で答える。

それが、酷く私の心を締め付けた。

一瞬縋《すが》り付きたい気持ちが浮かんで、慌ててそれを振り払う。

確実に足手まといになるのがわかっているのに、彼に縋《すが》っていいはずがない。

イゼルマール王が私に望んでいるのは、ドゥマラ王もかつて欲した禁忌の調合書の情報だろう。

正しくは、その調合書に記されている『秘術』。そのために六年前、私の一族は滅ぼされた。

かといって、私にはそんな知識もなければ、未《いま》だ存在しているかどうかもわからないものを探す手伝いをする気もない。となれば道は限られている。

そのために、やるべきことが二つあった。

一つは、ヴァルフェンと別れることだ。

彼の目的は理解しているつもりだけど……ここで別れるのが互いにとって最良であることは明白だった。

そしてもう一つは、這《は》いずってでも、この身をどうにかすることだった。

幸い、同族の生き残りが私の他にもう一人、イゼルマールに存在していることを知っている。ロータスが言っていた行方《ゆくえ》知れずの一人のことだ。その人ならば、私の腕に呪詛《じゅそ》のように巻き付く封輪《ふうりん》を外せるだろう。相手の生死は定かではないが、賭けてみる価値はある。

そうやって今後の行動を考えていたら、敷布の上に置いていた私の手を、大きく温かい手がぎゅっと包んだ。そのまま、私の手が彼の額《ひたい》に持っていかれる。

「こんな状態のあんたを、置いていけるわけないだろう……っ！　それでなくとも、俺はあんたを一人にはしない。たとえ嫌がられても、絶対に……っ！」

彼の言葉に嘘はない、そう確信できる声が胸に痛いほど響く。一人にしないと言われたのが、どうしようもなく嬉しかった。

信用していない、してはいけないと、これまで何度思っただろう。けれどその度《たび》に壁を乗り越えて、彼が心に踏み込んできた。

たった数日ではあるけれど、独りで過ごしていた自分には、彼の温度は温かすぎた。

「大丈夫だから、放っておいて――」

かつて失った家族と故郷を思い浮かべながら、振り絞るみたいに拒否の言葉を吐き出す。そして、今更ながら自覚する。私は、多分寂しかったのだ。人の温《ぬく》もりに飢《う》えていたのかもしれない。だからこそ余計に、彼を突き放せないのだろう。知らず溜め込んでいた孤独を、彼が全て埋めてしまった。

頭では、彼の手を振り払うべきだとわかっている。けれどヴァルフェンは私の手を両手で握り締めたまま、祈るように額《ひたい》にぐっと押しつけた。痛みはないけれど胸が締め付けられる。

「あんたは、人に頼るのに慣れてないんだろう。でも、少しは覚えてくれ。こんなままじゃ、誰が傍にいてもすぐに限界がきちまう。これからは、ちゃんと俺に言ってくれ。たとえどんな願いでも、叶えるから」

暗に、拒否しても傍にいると示されて、力の入らない身体が震えた。寄りかかってもいいのだと告げられて、ここまで嬉しくなるなんて思わなかった。

歓喜で泣き出しそうな心を、ぎりぎりのところで押し止める。

「……お節介ね、貴方《あなた》」

繋がれた手に泣きそうになりながら、私は自分の気持ちが変化しているのを感じていた。だけど悟られぬよう、強がりでもって彼に答える。

「そうやって減らず口がきけるなら、まだ大丈夫だな。あと、俺のことは、出来ればこれからも名前で呼んでくれ」

置いていく気などさらさらないとばかりの態度でヴァルフェンはそう言って、出会った日と同じ笑顔を私に見せた。

◇◆◇

宿で一日身体を休め、日が昇った頃。

レティシア嬢は昨日話してくれた通り、一世一代の賭けである夜会へ出かけるために王都へ出発した。別れる前に、私と彼女は両手で固い握手を交わし、互いの未来に光があるようにと微笑み合う。レティシア嬢は走る馬車の窓から、その姿が見えなくなるまでずっと私に手を振り続けてくれた。

それから私はヴァルフェンに、イゼルマールにもう一人生き残りの同族がいるかもしれないという話を聞かせる。

また、六年も前の情報のため、今も生きているかどうか定かではないことや、どこにいるかも知れないこと、封輪《ふうりん》は魔女の血を引く者でなければ外せないことなどを大まかに説明した。

すると彼は、それならイゼルマール全領について博識な友人がいると言って、その人物の別邸が近くにあるから向かおうと提案してくれた。

元々、道中立ち寄れないかと私に話すつもりだったらしい。

そして以前、親類や屋敷の者に自分が何かやらかした時は頼れと言っていたのがその人物なのだと、追加で説明してくれた。なんでもイゼルマールの貴族の中でも高位の人間らしく、国王ですらなかなか手を出せないほどの人物なのだとか。信頼出来る男なのだと、ヴァルフェンは嬉しそうに話していた。自《みずか》らについても、他人についても、貴族が関係することには含みのある言い方をする彼があまりにはっきりと断言するので、私は少し意外ながらもその提案を受け入れることにした。

そうして私達は、レティシア嬢が用意してくれていた貸し馬車に揺られ、街道を進んでいる。行き先は、ヴァルフェンの友人である貴族の別邸だ。時刻は、昼を過ぎた頃だろうか。

がたがたと振動する馬車内で、私はじっとしていた。

「身体は大丈夫か？」

「なんとかね」

封輪《ふうりん》の効果に多少慣れてきたのか、酷い倦怠感《けんたいかん》はあるものの、私の身体は昨日よりはまだ楽な状態にまで回復していた。

「っ……」

ガタンッと馬車が上下に揺れて、私の身体を包むヴァルフェンの腕に、ぎゅうと力が入る。

振動で、身体が跳ねないようにしてくれているんだろう。

「辛いか？」

「い、いいえ、大丈夫」

覗き込んでくる蒼《あお》い瞳に、私は羞恥《しゅうち》を隠しながら答えた。

流石《さすが》に、ちょっと近すぎる。仕方ないのだけど。本当に仕方ないのだけど……

内心慌てつつも、そうとわからないように平静を保つ。

といっても、やっぱりこれは、精神的にくるわ……っ。

頬に熱が集まるのはどうにも止められない。何しろ私は今、まるで恋人のようにヴァルフェンの膝の上で彼の腕に抱かれているのだ。

弱り切った身体では馬車の揺れに耐えられないため、こうして彼に支えてもらっているだけなのだが、あまりの密着感に、羞恥《しゅうち》でどうにかなってしまいそうだった。

でも、時間が経てば慣れてくるだろうと思ったのに……！

熱の集まる頭で、そんなことを考える。

お願いだから早く着いて……！　これじゃ身体よりも精神がもたないわよ……！

割と本気でそう願っていると、私の頬にくっついた厚い胸板が少し動き、声と振動を伝えてきた。

「シグリーズっていったか。それが、心当たりの魔女の名前なのか？」

ヴァルフェンの低い声が、私の頭上に下りてくる。

膝の上に横抱きにされている格好なので、上を向けば至近距離で視線がぶつかった。

「え、ええ。私と同じ、東国から逃れた生き残りよ。彼女なら、この封輪《ふうりん》を外すことが出来る……はず」

齢《よわい》七十を超えるであろう老魔女の存在は、六年前、集落が襲撃された時に私の母から聞かされたものだった。東国の王が集落へ火矢を放つほんの半刻前、魔女シグリーズは襲撃があることを一族へ伝え、いち早く逃げ延びたらしい。

年老いた彼女がなぜその情報を皆にもたらすことができたのか。それは未だに謎のままだ。けれど私を逃がす瞬間、母は言った。シグリーズはきっとイゼルマールへ行くだろう、と。いつか、散《ち》り散《ぢ》りになった同族に頼らなければいけない日が来るかもしれない。その逆もあり得るかもしれない、と予言めいた言葉を添えて。

右手首に巻き付いた封輪《ふうりん》に、ふと目を落とす。

昨日はあまりの衝撃にじっくり見ることも叶わなかったが、封輪《ふうりん》は私の母の形見である銀の腕輪とよく似た造りをしていた。

ただし、封輪《ふうりん》は帯状になった蔓《つる》の曲線の色が茶色く、中央についている石は白ではなく闇色だ。あの日ヴァルフェンといた宵《よい》の士隊の男の瞳の色によく似ている。闇がそのまま凝固したかのような石は、今も絶えず私の命を吸い取り身体を蝕《むしば》んでいた。

一気に吸い取られないだけマシに思えるが、死なないだけ吸い取り、回復すればまた吸い取るという冷酷な化け物である。

自分と同族の者が作った代物《しろもの》ではあるけれど、なぜこんな物騒な品を作り出したのか不思議だ。

魔女の遺物は、そのほぼ全てが一族の祖である『暁《あかつき》の魔女』の手によって作り出されている。どのくらいの数があるのかは定かではなく、既にいくつかは里が滅びた時に失われていた。

遺物の全てが特殊な方法で作られており、一見してそれとはわからないものも多く、四国の間では内々に奪《うば》い合われている。

中でも『守護の宝腕《ほうわん》』と『破滅の宝腕』と称される二品については、私達魔女一族の間でも伝説とされ、存在を確認した者はいないのだとか。私は正直眉唾《まゆつば》だと思っているが。

そんなことを考えていたら、ヴァルフェンが私を呼ぶ声が響いた。

「エレニー、悪いが、そろそろ起きてくれるか」

身体をぎゅうと優しく抱きしめられて、いつの間にか意識を沈ませていたことに気が付く。考え事をしていた間に、知らず眠り込んでいたらしい。おかげで彼の胸に抱かれていることを意識せずに済んだけれど、熟睡していい状況でもない。

私はすっと姿勢を正し、間近にある銀色の騎士の瞳を見上げた。

「ごめんなさい。寝ていたみたいね」

そう答えた途端、ヴァルフェンがほっとした風に蒼《あお》い瞳を和《やわ》らげた。

「起こして悪い……大丈夫か？」

「いいえ、私こそずっと支えてもらっているわ。ええと、重くない？」

「全く。むしろもっと食べてくれ。ずっと抱き締めていないと消えてしまいそうで、腕を離すのが恐くなる」

「そ、そこまででは、ないと思うけど……」

目は笑んでいるのに、困ったように眉尻を下げているヴァルフェンの表情に、返答に窮《きゅう》してしまった。

ヴァルフェンは、私が倒れてからやたら甲斐甲斐《かいがい》しく世話をしてくれている。

レティシア嬢からも聞いたが、私が目覚めなかった間、彼は身体を拭く以外の世話は全てやってくれたらしい。

　正直、それを聞いた時は顔から火が出るかと思うと同時に、私の中でのヴァルフェンの印象が変化してきているのを感じさせられた。彼は信じられない相手から、信じたい相手に変わっている。というより、もう信じ切ってしまっている気がした。こうやって無防備な状態で胸に抱かれているから余計にそんな気分になるんだろうか。

　私を抱く腕も、頬を乗せた温かい胸も、時折心配そうに覗き込んでくる蒼《あお》い瞳も。ヴァルフェンという存在の全てを、私は信じたいと思い始めている。監視のための理由として告げられた、あの「惚れた」という言葉が本当だったらいいなと願うくらいには。

「悪い。もっと休ませてやりたいが、そうもいかない時が来たらしい。恐らく、審判会の審議が下りた」

「どうしてわかるの？」

「宵《よい》の士隊の連中が、この馬車を尾《つ》けているからな」

　私には他者の気配を察することは出来ないが、恐らくヴァルフェンにはわかるのだろう。耳を澄まし目を細める彼を見て、真実なのだと悟った。

「どうするの？」

「しばらくはこのままだな」

「え、そうなの」

「ああ、あいつらは大っぴらには動けない。街道の大通りを走っている間は手を出してこないだろう。しばらくすれば横道に入るから、何か仕掛けてくるとすればその時だ」

「結構悠長なのね」

馬車内にある小窓の方を見ながら言うヴァルフェンに、意外だという意味で告げれば、彼はこんな状況なのに私を安心させるみたいに微笑んだ。

「俺一人なら、相手の馬車へ乗り込むなり手荒な手段をとっただろうけどな。それに、忘れたか？イゼルマール王はあんたのことを狙ってる。ここで急いで逃げたところでまた追われるだけだ」

「そういえば、そうだったわ」

「なんだ、忘れてたのか？」

言われるまで、正直なところ忘れていた。何しろ封輪《ふうりん》の効果が強烈すぎて、それどころではなかったのだ。

よく考えると、私はあの時、宵《よい》の士隊の男にイゼルマール王から提示された条件について、明確な答えを言わなかった。というか、言えなかった。ヴァルフェンが理不尽な行いに怒り、私を連れ去ったためだ。

あの時から守られていたのかと、じっと彼の顔を見ながら思う。

騎士という職に就《つ》き、士隊の内情を把握している彼のことだ。もしかすると……いや、明確な拒否を示さない限り、宵《よい》の士隊の騎士は私に手を出すことが出来ないと見越していたのだろう。

「貴方《あなた》って、見た目の割に、聡《さと》いわよね」

「なんだそれ。褒《ほ》めるのか貶《けな》すのか、どっちかにしてくれ」

一応は褒《ほ》め言葉だったのだが、ヴァルフェンはそう言って、くすぐったそうに唇の端を上げる。

それを見て、私も束の間、辛さを忘れて笑みを零《こぼ》した。


そんなやりとりを交わした、すぐ後。

「──そろそろだ」

静かな固い声が聞こえた。見上げれば、獰猛《どうもう》な光を宿した真剣な蒼《あお》い瞳と目が合った。

引き結ばれていた薄い唇が、時を告げるように始まりの合図を口にする。

「御者《ぎょしゃ》がすり替わった、来るぞ」

「ええ」

彼の言葉に返事をした瞬間、走行中にもかかわらず馬車の扉が、がぁんっと開いた。流れていく景色を背景に、白地に黒の差し色が入った騎士服の男が姿を現す。男の両手には、ヴァルフェンが持つような長剣ではなく、短剣が二本握られていた。

その短剣を開いた扉の両端に引っかけ、反動を使って男が侵入を図《はか》る。

しかし、ヴァルフェンがそれを許さなかった。

疾《はや》いっ──！

目の前の光景に、思わず驚嘆の吐息が零《こぼ》れる。

彼は片腕で私を抱きながら、利き手に持つ長剣で、男が入る前に短剣ごと相手を弾き飛ばした。

男は馬車から地面に落ちたのか、どっという鈍い音が耳に届く。

「っ手を出すな‼　容赦は出来ないっ‼」

ヴァルフェンが馬車の中から外へ向けて怒声を響かせた。

それから私の身体を抱く腕に力を込めて、ばっと馬車の中から飛び出る。

てっきり地面に転がり落ちるだろうと思っていたが、ざんっという着地音と共に、一瞬ぐっと重力を感じた後も、私の身体は地面に立つ彼の片腕に収まったままだった。

嘘。走る馬車から飛び出して着地したの⁉

一体どういう身体能力をしているんだろうか。この男は。

驚きで、状況すら忘れて彼の横顔を見つめた。

けれど突然、その横顔が遠ざかる。ふわりと優しく地面に下ろされて、背の高い彼を見上げる形になった。

「……悪い。あいつら俺をやるつもりらしいから、ここでちょっと待っててくれ」

やるつもりって、戦うってこと……よね？

私に断りを入れた彼の目を見つめると、大丈夫だとばかりに微笑みを返された。何が大丈夫だと言うのだろう、私に背を向けるヴァルフェンの身体越しに、宵《よい》の隊服を着た男達が迫っているというのに。

「ヴァルフェン……っ！」

何も出来ない自分を歯がゆく思いつつ、彼の名を呼ぶ。

けれど蒼《あお》い瞳は、もうこちらを見てくれなかった。

何か、何かないのだろうか。

焦る頭で考える。身体に力はあまり入らないが、全く動けないほどではない。慌てながら周りを見回せば、私と彼の荷物鞄が足元に転がっていた。

あの状況で、ついでに引っ張ってきたらしい。

「っおおおおおおお!!」

荷物鞄を引き寄せ、中を探っていたら、獣を彷彿《ほうふつ》とさせる咆哮《ほうこう》が轟《とどろ》いた。

そちらへ目を向けたところ、宵《よい》の騎士に囲まれたヴァルフェンがぶわりと身を翻《ひるがえ》して一撃を放つのが目に映る。動く度《たび》に、彼の逆立った髪が光を反射していた。

「っ――」

白刃の一閃《いっせん》が空を切る。

敵の身を捉えた彼の長剣が、相手の身に傷を刻んでいく。

途端、紅《あか》い飛沫《しぶき》が、まるで花のようにその場に舞った。

――これがあの、ヴァルフェンだというの。

荷物鞄にあった目当てのものを握りしめた私は、眼前の凄惨《せいさん》な光景に目を奪《うば》われていた。

銀色の髪に蒼《あお》い目をした獅子《しし》が、己に向かってくる敵を次々と薙《な》ぎ払っていく。

よく笑みの形で私を覗き込んできた彼の目は、今や激情に染まっていた。

これが、騎士である彼の姿。

強引で、面倒見がよくて、人に惚れただなんだと言って惑わせる――あの、飄々《ひょうひょう》としたヴァルフエンだというのか。

騎士が戦う姿など、見たこともなかった。けれど、彼が普通ではないことはわかる。獰猛《どうもう》な獅子《しし》を思わせる戦い方。確かにこの様子を見れば、キルシュが雇っていた傭兵《ようへい》達の言葉にも頷ける。

これが、ヴァルフェン＝レグナガルドという騎士である彼の、本来の姿なのだろう。

「――だから、手を出すなと言ったんだ」

ぽつりと、抜き身の刀身を手にしたまま零《こぼ》した言葉。ヴァルフェンの周囲を取り囲んでいた者達は今や、全て打ち倒され地に伏していた。

「ヴァル……」

声をかけようとして、途中で呑み込む。黙って佇《たたず》む彼の姿に、続く言葉が消えてしまう。

頬に、腕に、着衣の至るところに付着した夥《おびただ》しい血痕が、全ての者を拒絶しているかのようだった。

「……騎士なんて言っても、所詮はこんなもんだ。殺《や》るか、殺《や》られるか。それだけだ」

蒼《あお》い目が、痛みを堪《こら》えるみたいに歪《ゆが》む。

守ってもらったことに感謝すべきなのに、有り難うと言うのも違う気がした。

だから、少しでも心が和《やわ》らいだらという願いを込めて、私は違う言葉を口にする。

「怪我はない？」

ゆっくりと、ヴァルフェンが私の方へ振り向く。

蒼《あお》い瞳はどこか、悲しい色をしていた。

「ああ、大丈夫だ。エレニーは……大丈夫か？」

私のもとまで歩いてきた彼が、剣をぶら下げたままで言う。恐らく新しい追っ手が来ないか案じてのことなのだろう。剣を持つ彼の手に触れると、一瞬怯えたようにびくりとしたけれど、振り払われはしなかった。

ヴァルフェンは騎士の家系だと言っていた。生まれながら人を傷つけることを課せられているという事実は、彼の心にどれだけの重しを与えているのか。ロータスにやり方が気に入らないと怒っていた彼の実直さを思えば、騎士という仕事は、彼の性質には合わないのかもしれない。

痛ましさに胸が詰まって、私はヴァルフェンの手をぎゅっと握りながら、彼が切りつけた人々が倒れる光景に目をやった。

すると、倒れている男達の手や足が、動いていることに気が付く。

――って。

「生きてるじゃない」

てっきり全員の命を絶ったのかと思っていたので、うぞうぞ動いているのを見てつい苦情めいた声が出た。

すると、それを聞いたヴァルフェンが、呆れの目を私に向ける。

ちょっと、さっきの獣みたいな目はどこいったのよ。何よその、こいつはなにを言ってるんだとばかりの瞳は。

「あのな。人を大量殺人者みたいに言うなよ。ちゃんと急所は外してるさ。殺せば流石《さすが》に面倒だからな」

「あれでっ？　凄《すご》い量の血が出てるわよっ⁉」

急所を外しているにしては、出血量がおかしいと思うのだが。

あれで死んでいないとは……というより、さっきまでの悲しい空気は一体なんだったのか。少し、いやかなり、痛ましげに見えたのに。

呆れやら驚きやらで微妙な顔をしていると、ヴァルフェンは先程の獰猛《どうもう》さが嘘のように笑いを零《こぼ》す。

「騎士だぞ？　しかも精鋭揃いの宵《よい》の士隊のやつらだ。多少の傷じゃ明日にはまた追ってくるさ。ただまあ、敵だろうがなんだろうが、殺さなくても人を切るのは好きじゃないからな。出来れば避けたいのが本音だ」

それはそうだろう。そんなことを楽しむ男だったなら、私はとっくの昔に逃げ出していたか、既に斬られてこの世にいない。

「そりゃそうでしょうけど……ってうわ、本当だわ……」

血まみれの宵《よい》の騎士を再度見やれば、ヴァルフェンの言う通り、さながら死人が蠢《うごめ》くが如《ごと》く、地面からむくりと起き上がっていた。

「な」

「な、じゃなくて。あれじゃあ見た目が死人と変わらないわよ。恐いにもほどがあるわ」

かなり引き気味にそう言うと、ヴァルフェンは困ったみたいに眉尻を下げながら、長い刀身をぶんと空に振り上げた。刃についていた血が、一瞬で飛び去り消えていく。血振りをしたのだろう。

「まあそう言うなよ。俺もあいつらと同類の騎士なんだからな」

動作の物騒さとは裏腹に、ヴァルフェンは起き上がった宵《よい》の騎士へ視線を向けたまま、宥《なだ》めるように言う。

「貴方《あなた》も、殺しても死にそうにないけどね……」

げんなりしつつ答えれば、ヴァルフェンは笑い声を上げ、次に起き上がった宵《よい》の騎士を示した。

「まあでも、あいつは別格だ。覚えてないか？　俺と出会った時、一緒にいたやつだ」

「あ……」

蘇《よみがえ》った記憶に思わず小さな声を漏《も》らす。身に纏《まと》う隊服と同じ闇色の髪と闇色の片目には、確かに見覚えがあった。

「出来れば、殺したくはないんだけどな。ロータスの場合は流石《さすが》にそうも言ってられん」

再び先程と同じ獰猛《どうもう》な光を蒼《あお》い瞳に乗せて、ヴァルフェンは剣を構え直した。

そこに、私は制止の声を投げかける。

「ちょっと待って。それならいいものを持ってるの」

正しくは、これから『盛ってやる』のだが。

「いいものって」

「まあ見てて」

訝《いぶか》しむヴァルフェンを横目に、私は手にしていたとある薬剤を、宵《よい》の騎士の方へと放り投げた。

身体に痛みは走ったが、なんとか目標の場所まで届いたのでほっとする。

「っ――!?」

私の行動は予想外だったのか、宵《よい》の騎士が驚いた表情になって身構えた。

が、もう何をしようが無駄である。

アレを飲んでいない限り、それは防《ふせ》ぐべくもない。

「つぐ!?」

短い悲鳴と共に、宵《よい》の騎士が地に伏せる。そうさせたのは自分だが、見ていて少し痛そうだった。

というか、あの倒れ方は痛いと思う。

まあ出会った時、私も剣で刺されかけたのでおあいこだろう。

その際、ヴァルフェンが庇ってくれて無傷だったことはとりあえず置いておく。

それにまあ、なかなか爽快《そうかい》だわ。

散々恐ろしい思いをさせられ、理不尽な要求を突き付けられお尋ね者にまでされたのだから、このくらいの仕返しは許されるだろう。王命だから仕方がないというのは無視だ。

宵《よい》の騎士が倒れた後、ヴァルフェンが恐る恐る私に問いかけてくる。

「お、おい、大丈夫なのかあれ……？　死んではいないみたいだが……」

彼の言葉にこくりと頷きつつ、私は荷物鞄から先程投げたのと同じ品を取り出した。

「これはただの麻痺剤《まひざい》よ。半刻もすれば元通りになるわ。いい時間稼ぎになると思って。……本当は一番最初に使いたかったのだけど、機会が掴めなかったのよ。だから今のうちに行きましょ」

説明した後、再びそれをしまい込むと、私はまたヴァルフェンに抱きかかえられた。

そろそろ自力で歩けそうなのだが、問答無用で横抱きにされたので、仕方なくじっとする。

ヴァルフェンは私の説明に何か気付いたのか、首を傾げながら立ち止まった。

「麻痺剤《まひざい》……って、ならなんで俺もあんたも無事なんだ？　今のって撒布《さんぷ》するタイプのものなんじゃないのか？」

流石《さすが》だなと思う。私の投げた薬剤が衝撃で弾けて粉となったのに、ちゃんと気付いていたらしい。

「大丈夫よ。昨日薬草茶を一緒に飲んだでしょう？　あれに、以前話したユタの涙樹が含まれていたの。ユタの涙樹は言った通り、ほとんどの毒物を無効化するわ。まあ例外はあるけど、今回の麻《ま》痺剤《ひざい》は無効化されるのよ」

「なるほど。このために飲ませたのか……」

やっと合点《がてん》がいったのか、ヴァルフェンが感心したように呟いた。それから、何を思ったのかおもむろに私の頭を撫《な》でてくる。

「……ちょっと、何してるのよ」

「いや、偉いなと思ってな」

「子供扱いしないで」

意味不明なその態度に、私はジト目で彼を睨《にら》んだが、そんなことは構わず髪をわしわしと撫《な》でられた。

……まったく、獅子《しし》のような獰猛《どうもう》さを見せたかと思えば、こうやって甲斐甲斐《かいがい》しい親鳥みたいな真似をするのだから、ヴァルフェンという男には飽きないものだ。

私は、いつか彼に自分が言われたのと似た感想を抱いていた。

◇◆◇

倒れる宵《よい》の騎士達を残して、私達は馬車に戻り、街道の端で気絶させられていた御者《ぎょしゃ》を拾って元の道を進んでいた。

馬車の小窓から外を見ると、空は茜色《あかねいろ》に染まり、日が今にも落ちそうなほどに傾いていた。

もう少しすれば星が顔を出す頃合いだろう。

私はといえば、やはりヴァルフェンの腕に抱かれていた。

……なんだか語弊《ごへい》がある気がするけど。

「もうそろそろ着くぞ」

ヴァルフェンに言われて外に目をこらしたところ、離れた場所に貴族の邸宅が見えた。この距離であの大きさとなれば、なるほどかなり高位の貴族の屋敷だろう。

ヴァルフェンは別邸だと言っていたが、本宅だとしても違和感がないぐらいだ。

「ヴァル――っ!」

馬車の車輪の音に紛《まぎ》れて、誰かの声が響く。

それに気付いたのだろうヴァルフェンが、ふっと軽い吐息を零《こぼ》した。

「どうやら、迎えに来てくれたみたいだぞ」

蒼《あお》い目を細めて、ヴァルフェンは嬉しそうにそう言った。

「私はヴァルフェンの友人で、ダリアス＝プロシュベールと申します。プロシュベール公爵家の現当主です」

目にも鮮《あざ》やかな黄金色の髪をした青年が、猫のような湖色の目を優しく緩《ゆる》めて微笑む。

……何、このもの凄《すご》い美人は。

男性だとわかっているのに、そんな感想を内心で呟いてしまう。何しろ、驚くほど容姿が整っているのだ。このダリアスと名乗った青年は。

私とヴァルフェンは、迎えに来てくれたダリアス公爵に連れられて、馬車から目にしていた巨大な屋敷へと入っていた。外側の立派さからも予想できた通り、内装もどこからどこまでも手が込んでいる。

足下には真紅《しんく》の絨毯《じゅうたん》が敷き詰められ、柱や壁には美しい彫刻が施《ほどこ》されていた。見る者を圧倒するような豪華さで、目にした時は若干引いてしまった。

過去、東国の王城にも入ったことがあるけれど、下手をすればあれよりも豪華かもしれない。

……公爵は、イゼルマールでは貴族位の最上位だったはず。だったらこのくらい豪《ごう》華《か》絢爛《けんらん》でも、不思議はないわね。

そして、それだけの地位がある人間なら、確かに独自の情報網を持っていてもおかしくない。だからこそ、ヴァルフェンは彼のもとに来たのだろう。シグリーズの情報を、彼が知っているかもしれないと予想して。

私は、すっと思考を切り替えて、ダリアスに向かって口を開いた。

「エレニー＝フォルクロスと申します。このような姿で、申し訳ありません」

人間なのだろうかと疑いたくなるほどの美形を前に、とりあえず名乗り、かろうじて会釈《えしゃく》をすると、ダリアスは魅惑《みわく》の微笑でもって応《こた》えた。

零《こぼ》れ落ちそうなくらい大きな目に、顎《あご》下までの波打つ黄金の髪。濃紅《こいくれない》の貴族服姿は、さながら絵物語に出てくる王子様のようである。これでドレスを着ていたら、間違いなく蠱惑的《こわくてき》な美女にしか見えないだろう。

ついでに言えば、なんだか妙に芝居めいた仕草をする人だなと感じた。とはいえ、キルシュの三文芝居的なものとは違う、上質な劇に登場する役者っぽさがあるのだ。

「ダリアスに諂《へつら》う必要はないさ、エレニー。コイツ見た目はこんなだが、中身は俺とさして変わらないからな」

いや、流石《さすが》にそれはまずいでしょう、だって彼……公爵なのに。

ヴァルフェンの言葉に顔を引きつらせながら、私は視線で彼を窘《たしな》めた。

「ええ、別にいいんですよ。私は公爵と言ってもまだ家を継いだばかりで、友人の汚名を晴らすことすら出来ない木偶《でく》の坊《ぼう》ですから」

「別に、それは気にするなと言っただろ」

ヴァルフェンが、ダリアスの台詞《せりふ》に眉を顰《ひそ》めて早口に言う。私を抱える腕に、少し力が入ったのがわかった。

「一応通達が来たよ。君が来たらエレニー嬢と共に捕らえておけとね。本当に——残念だよ、ヴァルフェン」

「ああ？」

ダリアスが、湖色の瞳を煌《きら》めかせ、ぱちんと指先で合図の音を出す。

すると、豪奢《ごうしゃ》な室内には不似合いな士隊の隊服を着た騎士が音もなく現れた。

「なっ……！」

驚愕《きょうがく》に目を見開く私の視線の先には、ヴァルフェンに打ち倒され、かつ私が麻痺剤《まひざい》を放ったはずの宵《よい》の騎士、ロータスが佇《たたず》んでいた。

——静かな室内に、緊迫感が漂《ただよ》う。

「なんのつもりだ？　ダリアス」

「私は私のすべきことをしていただけだよ、ヴァル」

恐らく愛称なのだろう、ダリアスがヴァルフェンの名を省略した形で呼んだ。

「本当に残念だよ。今のイゼルマール王にはがっかりした。あれは相当叩き直さないといけないね」

そして、続けてそんなことを言う。

——って、え？

「やっぱりそいつはダリアス側の騎士か……知らずにさっきは散々切りつけたぞ。急所は外したけどな」

何がやっぱりなのか、人のことをそっちのけで、ヴァルフェンはにやりと笑みを浮かべながら宵《よい》の騎士に顔を向けた。当の宵《よい》の騎士は、夜色の髪をすっと下げ、彼に対し一礼する。

「ご心配なく。貴方《あなた》の癖は把握しておりましたので、切られると想定していた箇所は補強しておりました」

「へえ、やるな」

……状況が全然わからないんだけど。

何、普通にやりとりしてるの。

私は混乱しながら、この場の面々の顔を確認した。が、やはりわからない。一体なぜ、どうして宵《よい》の騎士がダリアスの屋敷にいるのだろうか。

「申し訳ないエレニー嬢。彼……宵《よい》の士隊の騎士、ロータス＝カイザは私に仕える人間なんですよ。まあ私というより、このプロシュベール公爵家に、ですが」

「はい……？」

「おかしいと思ってたんだよな。ずっと尾行してきてる癖に、一向に手は出さんし、かつ何があっても放置だ。やっと出てきたかと思えば、あっさりやられる」

「ああ、それについては私が謝るよ。そう指示したからね。あのキルシュというダイサート家の息

子がしたことについても、止められなくて悪かった。あれは流石《さすが》に想定外でね。許してもらえるとは思っていないが……謝罪する」

そう言って、ダリアス公爵と宵《よい》の騎士、ロータスが私に向け頭《こうべ》を垂れる。

いやだから待って、本当に状況が整理できていないのよ。

ずっとって、なら初めから宵《よい》の騎士は私達の後をついてきていたってことなの？　ヴァルフェンはそれに気付いていたのに、私に言っていなかったということ？　森で気配が消えたのは、わざとだったっていうことなの？

衝撃なのか、落胆なのか、よくわからない感情が胸に渦巻《うずま》く。

信じられない思いでヴァルフェンを見れば、困ったような顔ですまん、と一言謝られた。

「何よ、それ」

「最初は敵だと思ったんだ。俺も確証はなかった。ダリアスが士隊の方々《ほうぼう》に手駒を送り込んでいることは聞いていたが、まさか国の影と言われている宵《よい》の士隊の中にまで手を回しているとは予想もしなかったんだ。それに怖がらせたくなかった。悪い」

ヴァルフェンとダリアス曰《いわ》く、宵《よい》の士隊は四士隊の代表として公表されてはいるものの、その職務については伏せられている部分が多いらしい。

「なるほどね……」

ヴァルフェンとダリアスの説明に、とりあえずは納得したが、それでももやもやとした思いは残った。

「……それで、ダリアスは謝罪してくれるほどなのだから、何か詫びの品は用意してくれているの？」

騙《だま》されていたことを考えれば、最早敬称は必要ないと判断して、率直に尋ねてみた。するとダリアスは湖色の目を細めて頷く。

「もちろんです。貴女《あなた》の腕にある封輪《ふうりん》を外すことが出来るであろうシグリーズという老魔女ですが、既に隠れ家を掴んでいます」

「何から何まで、お見通しなのね……」

この強《したた》かさと計算高さは見習いたいと思う。これまでに何度か実感したけれど、やはり他者とのやりとりについて、私はもっと学ぶべきなんだろう。

かつて失った分と、これまで無視してきた分まで。

私は魅惑の微笑を浮かべる金色の青年と宵《よい》の騎士を前に、表情を引きつらせながら心底そう思ったのだった。

◇◆◇

懐かしい景色が見えた。

それに手を伸ばそうとして、届かないのだと気付く。

ああ、なるほど。これ……夢なんだわ。

――鍔広《つばひろ》の傘帽子で顔を隠した黒装束の者達が、炎の中、長刀を手に次々と人々を薙《な》ぎ払っていく。

舞い散る紅《あか》い飛沫《しぶき》は全て、人間の血だ。

煙が立ち上《のぼ》る中、私に逃げろと言った人々の顔が浮かぶ。咄嗟《とっさ》に手を伸ばしたけれど、指先が届く前にその面影《おもかげ》が掻《か》き消えた。

遥《はる》か懐かしい故郷の記憶。そして、最も悲しい故郷の記憶。

あの愛しい場所は、業火《ごうか》に巻かれ永久に失われてしまったのだ。

多くの、一族の命と共に。

『ドゥマラ＝エルファトラムの乱心』と呼ばれているこの出来事は、私が十六の時に起きた。

喧噪《けんそう》の中、私は目の前の景色に目を眇《すが》める。

この夢を最後に見たのはいつだったか。そう考えてしまうほど、久方ぶりのことだった。

真珠色《しんじゅいろ》のジャスワルの花が咲き乱れる一族の墓標を目にしてからは、ほぼなかったというのに。

あれ以来、夢に見る愛しい人々の面影は、皆優しい顔をしていた。

けれど、今の夢は違う。

かつて激情に呑まれかけていた頃によく見た、最後の日の夢。鎮《しず》まったはずの悲しみと怒りが、渦《うず》となって浮き上がるのを感じた。

けれどふと、掌《てのひら》に優しい温《ぬく》もりが生まれる。どこか覚えのあるそれは、まるで私を守るように、その温かさでもって心を包んでいく。

次の瞬間には、銀の髪を輝かせた蒼《あお》い瞳の騎士が私の前で笑っていた。

夢の名残《なごり》を惜しみながら瞼《まぶた》を開けると、今見たばかりの彼がいた。

あら……なんて顔、してるのかしら。

違うのは、彼が浮かべている表情くらいのものだろうか。蒼《あお》い瞳は珍しく不安げな光を灯していて、唇が戸惑いがちに動いていた。

遠かった彼の声が近くなるにつれ、私の視界も鮮明さを増していく。

「エレニー……っ！」

聞こえた声は、自分の名を呼ぶものだった。

「何、ヴァルフェン貴方《あなた》、寝てないの……？　目の下が真っ青よ……」

自分の声が酷くか細く聞こえる。やがて私はヴァルフェン越しに周囲を見回して、もの凄《すご》く豪奢《ごうしゃ》な部屋に寝かされているのだと気付いた。そんな私を見て、ヴァルフェンはほっとしたみたいに息を吐き、いつの間に握っていたのか、私の指先に口づけを落とす。

どうしてだろう。これまでならば驚くか怒るかしていたはずなのに、その口づけを嬉しいと感じるなんて。

なんだか頭が酷く混乱していた。

「ここは？」

横たわったまま視線だけをぐるりと回し、上等な部屋の中を確かめる。かつて目にした東国の王城以上に煌《きら》びやかで、調度品もかなりのものだ。

「覚えてないのか？　昨日、ダリアスの屋敷に着いただろう」

あ……そういえば。

言われてすぐ、ばらばらとページを捲《めく》るように記憶が蘇《よみがえ》る。

黄金色の髪をした美人もとい、美しい顔立ちをした男が、私達の乗った馬車を迎えにきたこと。

そして、王の差し向けた騎士だと思っていた宵《よい》の騎士が、実はダリアスに与《くみ》する人間だったこと。

でも、なぜだろう、その後の記憶がない。確かダリアスは、私をずっと監視して騙《だま》していたお詫びに、老魔女シグリーズの居場所を調べてあると言っていた。

しかし、それについて詳しく聞いた覚えはない。

というか、完全にそこから記憶がないわ。

恐らく倒れたのだろう。とすれば、ここは客間かしら。全然身体が動かないけれど、私の身体は一体どうしたのか。まるで自分のものではないみたいだ。

「私……」

「エレニー」

そんな私を見ながら、ヴァルフェンが動かない手をそっと取り、その甲に頬を押しつける。

ちょっと、どさくさに紛《まぎ》れて一体何をしているのか。でも、よく考えればここ最近は何度かされている気もする。弱っていたせいか、記憶も朧気《おぼろげ》だ。

……まあ、いいけれど。

重たい頭で考えつつヴァルフェンに視線を向けると、心配そうな蒼《あお》い瞳が返された。

「かなり体力を消耗しているらしい。シグリーズについては俺が聞いている。だから、今は無理するな」

懇願《こんがん》するみたいに言われて、そうなのかと納得した。そのくらい、身体も意識も重い。封輪《ふうりん》をつけられた状態に慣れてきたと思っていたが、どうやらそうでもないらしい。

私は彼の言葉に甘え、自然と下りていく瞼《まぶた》を受け入れた。

◇◆◇

――そうして。

翌朝、外に人の気配を感じた私は、窓からそっと確認した。

体調も、なんとか動ける程度には回復している。やはりこの封輪《ふうりん》は、ある一定まで力を絞り取った後、回復を待ってまた吸い取るという代物《しろもの》なのかもしれない。

同じ血族の者が作ったとはいえ、なかなか腹立たしい品である。

それはさておき、気配を感じた庭の中心を見ると、少し開《ひら》けた場所で一心不乱に剣を振り、汗を朝日に反射させているヴァルフェンの姿があった。どうやら鍛錬《たんれん》の最中らしい。

その姿を眺めながら、ふと思う。

どうして、一目彼を見ただけで、こんな気持ちになるのだろう、と。

嬉しいような、安堵したような、なのに泣きたくなるような不思議な感覚。

彼の姿を目にした瞬間、胸の奥を誰かにぎゅうと鷲掴《わしづか》みにされた気がした。呼吸すら上手く出来ず、息が詰まる。両手で胸元を押さえ、湧き上がった感情を抑え込むため瞼《まぶた》を閉じた。だけど、今見た光景は視界から一向に消えてくれない。

かつて、こんな風に誰かに心乱されたことなど、あっただろうか。

これまで感じた覚えがある感情のどれとも違う。この激しくて切ない感情は、一体、なんというのだろう。胸を渦巻《うずま》く感情に堪《こら》えきれず再び瞼《まぶた》を押し上げると、そこにはもう剣を振るう彼の姿はなかった。

ほっとすると同時に、もっと見ておけばよかった、という矛盾した思いを抱く。

自分の感情に戸惑っていると、朝食を知らせるロータスの声が扉の向こうから聞こえ、私は彼に案内されるまま、ダリアス達が待つ場所へと足を向けた。


「私とヴァルフェンの手配が、取り下げられた……？」

朝の光が豪奢《ごうしゃ》な室内を照らす中、私はついさっき聞かされた話が理解出来ず、呆然とダリアスの言葉を復唱していた。

「ええ、そうですよ。ですので、もう追われることもありませんし、堂々として大丈夫です」

朝日に黄金色の髪を煌《きら》めかせ、濁りのない湖色をした目が微笑む。

ええと……それは一体、どういうことなの……？

視線で問えば、ダリアスは静かに頷き、短い咳払いをした。

今私達がいるのは、邸宅内にある食堂である。

長卓の上には、一体誰がこんなに食べるんだという種類の料理が並べられている。

「どうやったのかは明かせませんが、色々と準備していた分を全て、貴女《あなた》とヴァルフェンについての交渉材料に使用しました。まあ内容が内容なので、イゼルマール王も渋々ですが了承してくださいましたよ。よかったですね。よかったですね」

「よ、よかったですねって……」

そんなあっさり言われても。

簡単すぎる説明に呆気にとられていると、私の向かいに座って食事をしていたヴァルフェンが、なんだそうか、やっとか、となんでもないことみたいに呟いた。なんとも暢気《のんき》なものだ。

今日の彼は、いつも食事は毒など入っていないか確かめて食べるのに、ここの食事については黙々と平《たい》らげている。恐らく、友人宅というだけあって気を許しているのだろう。

それよりも、今はダリアスの話だ。いくらなんでもそんな簡単に事が運んだとは、到底思えない。

「ちょ、ちょっと待ってよ。渋々了承って、そんな風に諦めてくれるものなの？　だって……」

「大丈夫ですよ。秘術に関しても、貴女《あなた》は何も知らないと伝えてありますから」

私の質問に、ダリアスはやはり美しい微笑みを浮かべ間髪《かんはつ》容《い》れずに返答した。

「知らないって……それで通ったって言うの……？」

「ええ。何しろ我がプロシュベール家独自の拷問《ごうもん》法で追及した上での判断ということになっていますから」

「ご、拷問《ごうもん》？」

唐突な単語に、目を見開いた。美麗な容姿に到底似合わない言葉だというのに、ダリアスは笑顔のまま説明を続ける。

「はい。ちなみに貴女《あなた》は現在、言葉を発するのもままならない状況で、生ける屍《しかばね》になっている……ということになってます」

「い、生ける屍《しかばね》って、私が？」

「ええ。なので本当に安心してください。もしもこの報告を王が否定すれば、筆頭貴族である我がプロシュベール公爵家と、我が一族に連《つら》なる多くの貴族を敵に回すことになります。なので余程のことがなければ、異を唱えたりはしないでしょう。まあ、首を縦に振らせるのに少々手間取りはしましたが、大事な親友のためですからね」

説明を終えたダリアスが、凄《すご》い勢いで食事を平《たい》らげているヴァルフェンに視線を移す。するとヴァルフェンはふいとそっぽを向いて「まあ、一応感謝はしてる」と少し赤くなった顔で呟いた。

それを見て、ダリアスが柔らかく笑う。

「でも……ヴァルフェンは貴方《あなた》の友人だからわかるけれど、どうして私のことまで……」

ヴァルフェンが私についても頼んでくれたのかもしれないが、彼の汚名を晴らすだけならばそこまで手の込んだ真似はせずとも済んだはずだ。私のことまで助ける理由が、ダリアスにあるとは思えない。

すると、彼はふっと唇の両端を上げて綺麗な微笑を私に見せる。

「元々、イゼルマール王が貴女《あなた》に対する王命を出した時から、やめさせるつもりだったんですよ。調べたところによれば、貴女《あなた》はこの国に来てから六年間、静かに暮らしていただけだ。故郷を離れ誰にも害を及ぼさず過ごしている女性の命を脅《おびや》かし、国事に利用するなど、許せる性分ではないのです。私も……そこの蒼《あお》い騎士も」

そう言って、湖色の瞳でヴァルフェンを示すと、ヴァルフェンもまた、蒼《あお》い眼をふっと細めて私を見た。

……ヴァルフェンと同じように、その友であるダリアスも実直な人なのだろう。だからヴァルフェンは、彼を頼ってここに来たのだ。

二人の間に流れる空気に、私はそんな気配を感じ取った。

「まあ後は、そのシグリーズって魔女のところに封輪《ふうりん》を外してもらいに行くだけだな」

食事を終えたヴァルフェンが、にっと笑ってそう告げた。

「そうですね。それで、彼女の居場所ですが……」

確かに手配が解けたというのなら、後はシグリーズのところに行くだけだ。私の腕についた、この封輪《ふうりん》を外すために。

いわば、私だけが彼女のもとに行く目的がある。

けれど、ヴァルフェンは……彼にはそうする理由がない。私と道中を共にする理由が、もうないのだ。私は一応彼を雇っている立場にあったが、それも成り行き故《ゆえ》のことだった。未だに有効とは考えられない。

……ああそうだ。今更だけど、思い出したわ。

これまでの経緯を考えたところで、ある事実へと思考が行き当たる。

元々ヴァルフェンは、私を監視するために惚れたなどと理由をつけて、共に行動しているのだと思っていた。でも今ならわかる。彼はイゼルマール王に利用されかけていた私を見かねて、あの場から連れ出してくれたのだと。

そして、ダリアスに依頼し王へ働きかけてくれた。元から王命書が気に入らなかったと言っていた彼のことだ、もしかすると最初から、全てわかった上で行動していたのかもしれない。

私がホルベルクへ行くと言った時、確か色々と呟いていた気がするし。

監視というより、放っておけなかったのだろう。目の前で国の謀《はかりごと》に巻き込まれそうになっていた、私のことが。

けれど、ヴァルフェンが私と共に行動する理由はもうない。彼が傍にいる状況に違和感を覚えなくなっていたけれど、そもそも士隊の隊長を務める彼が、私と一緒にいること自体がおかしいのだ。役職に就《つ》いているのならば、待っている人は多いはず。

彼を帰さなければいけない。私の隣ではなく、本来在るべき場所——彼の部下達が待つ王都へと。

私は、ダリアスがシグリーズのことを説明してくれるのを聞きながら、出立前にすべき行動について決意した。

それから朝食後は、まだ体調が悪いと言って与えられた部屋に引っ込み、寝台の上で揺らぐ心を落ち着けていた。

体調については別に嘘ではない。封輪《ふうりん》をつけている以上、倦怠感《けんたいかん》はずっとつきまとっている。

ただ、安定したり不安定になったりと、時によってばらつきがあるだけだ。

『まあ後は、そのシグリーズって魔女のところに封輪《ふうりん》を外してもらいに行くだけだな』

あの時ヴァルフェンが口にした言葉が、いつまでも頭から離れない。

……自分の気持ちに、正直戸惑っていた。

キルシュの放った封輪《ふうりん》で倒れ、目を開けた時に、私はヴァルフェンへの感情が変化しているのに気付いた。

だけど、それがなんだと言うのだ。彼と私の間にあるものは雇用の契約くらいのもので、他に何があるわけでもないのに。

なのになぜ、こんなにも気になってしまうんだろうか。ヴァルフェンが私と行動する理由がなくなってしまったというだけのことが……

そうやって考え込んでいたせいか、私は扉を叩く音に気が付かなかった。

「――エレニー？　寝てるのか？」

扉越しに聞こえたヴァルフェンの声に、一気に思考の海から引き上げられる。

咄嗟《とっさ》に立ち上がろうとして、あろうことか足が縺《もつ》れ、そのまま床めがけて倒れ込んでしまった。

「あっ……」

どっと大きな音が室内に木霊《こだま》して、顔を庇った両腕に痛みが走る。自業自得とは言えど、情けなさに少々落胆した。なんというか、私はこんなにも弱かっただろうかと、内心がっくりと肩を落とす。

するると、扉の向こうから慌てた声が響いてきて、顔を上げる。

「おい？　今のはなんの音だ？　エレニー！　大丈夫か!?」

軽く叩かれていただけだった扉が、どんどんと悲鳴を上げ出した。いっそ蹴破《けやぶ》られそうな勢いだ。

私は慌てて起き上がり、鍵を開けて扉を開いた。

「大丈夫よ。ちょっと足が縺《もつ》れただけだから……って、何、どうしたの……？」

扉を開けた先には、これまでの旅と同じく軽装に着替えたヴァルフェンの姿があった。彼は切羽《せっぱ》詰《つ》まった様子で、蒼《あお》い瞳に焦りの色を浮かべている。

「あ、いや、身体は？　大丈夫なのか？」

ヴァルフェンは、私の顔を見るなりほっとした顔をして、それからぺたぺたと人の頬やら肩やら腕やらへ確かめるみたいに触れていく。

……さ、触りすぎっ！

嫌ではないが、流石《さすが》に気恥ずかしい。思わずぱっと身体を引くと、ヴァルフェンはしまった、とばかりに動きを止めた。

「わ、悪い」

それから、情けないくらいに肩を落とし、しょんぼりとした顔つきになる。

一体どうしたというのだろう。なんだか彼らしくないというか……妙にこちらのことを心配しているような――？

そこまで考えたところで、ある予想が浮かんだ。

「ヴァルフェン……？　貴方《あなた》もしかして……」

――私が、また倒れたと思ったの？

彼の心配そうな表情から、そんなことを思う。

「あ、いや……悪い。なんでもないならいいんだ。これから寝るのか？　よければ、少し話を……」

「どうしたの？」

「い、いや、その……」

珍しく歯切れの悪い彼に、内心首を傾げる。

ヴァルフェンは物言いたげな、けれど口にするのを迷っているような、そんなそぶりを見せている。一体、何を葛藤《かっとう》しているんだろうか。

何か私に出来ることがあるのなら手を貸したいと思う。そう考えるのは旅する間に彼の人となりを知ってしまったせいだろうか。出会いは最悪なものだったけれど、ここまで私を守ってくれたのは紛《まぎ》れもなく彼だった。

「本当に、このままいられたらって、思っちまうよな……」

突然俯《うつむ》いたヴァルフェンが、何事かを呟く。

けれど考え事をしていたせいで、その声は私の耳に届くことなく流れてしまった。

「え、何か言った？」

「……いや、なんでもない」

聞き返しても、ヴァルフェンはその内容を教えてはくれなかった。しかも彼は、大丈夫ならいいとだけ言って、そのまま踵《きびす》を返す。

一体、なんだったのだろう。

ヴァルフェンへの悶々《もんもん》とした思いをどうにか忘れたくて、再び寝台に横になった私は、次に目覚めた時、窓から見えた光景に絶句した。

ゆ、夕方になってるじゃない……っ！

なぜ、誰も起こしてくれなかったのか。いや、恐らく休んでいると思われていたからだろうが、私はなるべく早く次の行動を起こしたかったのだ。

辛いことを済ませてしまいたかったという、逃げの気持ちもある。

慌てて起き上がったところ一瞬目眩《めまい》がしたが、それにも構わず部屋を飛び出した。朝食の時に聞いていた、ヴァルフェンの部屋に向かう。

恐らくダリアスの配慮なのだろう、私に割り当てられた部屋と、ヴァルフェンの部屋は、思いの外《ほか》近くにあった。

それでいて真隣でないというあたりにも、気遣いを感じる。

やはり高位貴族の人間は違うな、と思いつつ彼の部屋に近付けば、少しだけ開いた扉から、中の会話が漏《も》れ聞こえた。ヴァルフェンと、ダリアスの声らしい。

互いに信頼し合っている友人なのだ。離れていた間に、積もる話もあるのだろう。邪魔するのも気が引けて、立ち去ろうと踵《きびす》を返す。けれど次の瞬間、聞こえてきた話題に足が止まった。

「彼女を……エレニーを、自由にするつもりはないのだろう？」

――え？

聞こえたのはダリアスの声だ。言葉の意味は、すぐに理解出来た。

途端、私は思い出す。ヴァルフェンが騎士であり、私が元とはいえ手配者であり、魔女の一族であるということを。

手配が解除されたとしても、イゼルマール王に目をつけられたのだ。その事実を、ヴァルフェンとダリアスがどう考えているかはわからない。

もしかして。もしかすると――

臓腑《ぞうふ》が凍り付くような感覚が襲いかかってくる。現実という冷たい水底に突き落とされたみたいだった。

どくどくと、鼓動が脳内で響く。緊張で、掌《てのひら》にうっすらと汗を掻《か》いていた。

「あるわけないだろう」

ああ、やはり――

彼の声によって、どこか諦めにも似た気持ちがもたらされた。

所詮ヴァルフェンは、私を監視していただけなのだろう。ダリアスが手配していた、あのロータスという宵《よい》の騎士と同様に。

幾多《いくた》の出来事を乗り越えて、信頼関係が築けたと思っていたのは、愚かしいことに私だけだったのだ。

震えそうになる足を心の内で叱咤《しった》して、そっとその場を離れる。

なぜかはわからないが、乾いた笑いが零《こぼ》れる。胸の奥はがらんどうになり、凍《い》てついた風が吹き込んでいた。ピシリピシリと音を響かせながら、その空洞の壁が凍り付いていく。

長い間独りで過ごし、孤独には慣れているはずだったのに。今、胸がこんなにも痛むのはどうしてなのか。

与えられている部屋に戻り、痛みの意味を考えつつ、私はヴァルフェンと決別する決意を確固たるものへと変えていた。

この感情が誰によって引き起こされるのかは、既にわかっている。

だから、私は逃げるのだ。私を討伐するためにやってきた、騎士のもとから。監視という名で傍に寄り添い、心を乱す彼のもとから。

機会は一度きり。プロシュベール別邸であるこの屋敷を発《た》つ時だ。

「エレニー、度々悪い。ちょっといいか？」

その時、扉を叩くヴァルフェンの声が、胸に刻んだばかりの決意を震わせた。

彼を部屋に招き入れると、私を見ながら不思議そうに首を傾げる。そんな彼の隣には先程も一緒にいたダリアスが立っていた。どうやら二人とも私に話があるらしい。

平静でいなければと思うのに、つい脳内で先程の会話が再生され、顔が強張ってしまう。そんな私に、ヴァルフェンが怪訝《けげん》な顔を向けてくる。

ああもう、出来るなら私を見ないでほしい。今の波立った心では、いつものように流したりするのは難しそうだ。

「なあ、エレニー、あんたなんか変じゃないか？」

「失礼ね。何がよ」

にべもなく言い放つと、ヴァルフェンは首を傾げた。私はといえば、彼の顔を正面から見ることが出来ず、拗《す》ねた振りをして顔を背けている。彼の顔を見たら、決心が鈍ってしまう予感がして、まともに見る気になれないのだ。

そうやってダリアスの方に顔を向けていたせいか、彼の湖色の瞳と視線がぶつかった。途端、妖《よう》艶《えん》に微笑まれ、内心びくつく。

「本当に。ヴァルは相変わらず言い方というのがなっていませんね。淑女の体調を心配するなら、もっと丁寧に伺わないと。エレニー嬢、確かに彼の言う通り少々顔色が優れませんが、大丈夫ですか？」

鮮《あざ》やかな黄金色の髪をふわりと揺らし、濁りのない湖色の瞳が弧を描く。しかし私は、自分がお嬢様扱いされたことに、若干の居心地の悪さを感じていた。

……エレニー嬢って。

年齢を慮《おもんぱか》れば、最早ただの嫁き《い》遅《おく》れだというのに、ヴァルフェンの前で娘扱いされたのが少々気恥ずかしかった。ぽうと火が灯るみたいに熱くなった頬を悟られたくなくて、俯《うつむ》く。

「おや、これは可愛らしい反応ですね。艶《あで》やかな美しさを持っているのに、貴女《あなた》の内面はとても清らかだ」

「な……っ」

続いてかけられた賛辞に、俯《うつむ》いていた顔をぱっと上げれば、猫みたいな目と視線が合った。

艶《あで》やかとは誰のことか。清らかとはなんのことなのか。意味は理解出来ないが、その言葉が自分に向けられているのはわかる。正直こうも面と向かって美辞麗句を並べられた経験などなかったので、焦りと羞恥《しゅうち》で混乱して、つい声にならない声を上げてしまった。

「……なんだよ、それ」

すると、なぜかヴァルフェンがふて腐れたような声を漏《も》らす。ちらりと視線だけを向けたところ、彼が眉間にぐっと皺《しわ》を寄せ、不満そうな顔をしていた。

一方、ダリアスは軽快な笑い声を上げている。

一体二人とも何がしたいのかしら。

少し冷静になった頭で考えつつ、いい加減二人の用向きについて尋ねるために口火を切った。

「それで、私の顔色より、話すことがあるからわざわざ来たのでしょう？　何かあるの？」

「ええまあ……シグリーズの居場所を教えた早々に申し訳ないのですが、今日彼女のもとに行くのは無理そうなので、それを伝えにきたのですよ」

私の問いかけに答えたのはダリアスだった。彼は気まずそうに眉尻を下げている。

「今日は無理って……どういうこと？」

私の問いに、ダリアスは再び申し訳ないと謝罪した。イゼマールの筆頭貴族である彼に頭を下げられて、私は慌てて言い募《つの》る。

「貴方《あなた》が謝る必要はないわよ……。でも、どうして？　何があったの」

そう問えば、ダリアスはロータスが前もって調べたのだという情報を教えてくれた。

「実は、道中渡るはずの大橋が老朽化で半壊しているようでして……その復旧に、半日は必要らしいんです。今はもう夕方ですから、夜間の作業には危険が伴いますし、修理に取りかかれるのは明日の朝になります。どれだけ急いだとしても、恐らく明日の夕方までは時間を要するでしょう」

「そうなの……」

私って、こんなにも現金だったのかしら。

ダリアスがすまなそうに説明してくれるのを聞きながら、そんなことを考える。今日発《た》てないという事実に、落胆する気持ちと、安堵する気持ちがない交ぜになっていた。思えば固めたばかりの決意を、まだヴァルフェンに話せていない。

早くしなければという焦る気持ちと、言いたくないという我《わ》が儘《まま》な気持ちが、相反しながら彼に近付くのを阻《はば》むのだ。

「まあ、もう手配は解けているので、貴女《あなた》の体調さえ大丈夫なら、橋が直ったらすぐ発《た》てるように用意しましょう。それと……どうですか？　ゆっくり過ごせるのは今日で最後です。こちらで準備しますので、体調さえ大丈夫なら夕食は少し、凝《こ》ったものにしませんか？」

「凝《こ》ったもの？」

唐突な提案に疑問を感じつつ問えば、湖色の目がふわりと微笑む。

「はい。貴女《あなた》にはドレスを用意しましょう。ヴァルフェンには騎士の正装を。しばらく着ていないようなので、思い出すためにもそろそろ出させた方がいいでしょう」

「おい、俺は」

「否やは言わせませんよヴァル。今回はかなりの貸しが出来たんですから、ちょっとはこちらに付き合いなさい」

「ちっ、仕方がないな……」

ダリアスの提案に異を唱えようとしたヴァルフェンだったけれど、貸しという一言に渋々受け入れたのだった。

以前の私なら、彼と同じくこの申し出には丁重な断りを入れていただろう。元々、着飾ることにそんなに興味はない。

けれど、もしかすると……いや必ず。

今日という日が、ヴァルフェン＝レグナガルドという騎士と過ごす、最後の夜になるのかもしれない。

なら少しだけ、らしくないことをしてみてもいいかもしれないと、私はそう思ったのだ。

「わかりました。是非、お願いします」

頭を下げて了承の返事をした私に、ダリアスは筆頭貴族であるプロシュベール公爵の名に恥じぬ高貴さが溢れる笑顔で応じたのだった。

客間で私の支度が済んだ頃。唐突にヴァルフェンが部屋を訪れた。

迎えに来てくれたのかと一瞬期待したけれど、どうやらそうではないらしい。ドレス姿の私を見るなり、彼はいつか服を買ってくれた時のように固まって、視線を左右に泳がせる。多分、何か話があるのだろう。

……そういえば、彼の騎士服姿、久しぶりに見るわね。

ヴァルフェンは今、出会った時と同じ白地に蒼《あお》の騎士隊服を着ている。これまでは上衣を脱いだ格好がほとんどで、外では上に短いローブを羽織《はお》っていたけれど、やはり彼にはこちらの方が似合っていた。ただ少し違和感があるのは、彼の顔が、何か逡巡するそぶりを見せているせいだろうか。

どうしたのかしら。さっきから妙にまごついているけど。

「何、どうかしたの？」

「いや、あー……その」

声をかけても、やっぱりごにょごにょした言葉しか返ってこない。かと思ったら、私の方をじっと見て、溜息なんか吐いている。

一体全体、何がどうしたというんだろう。全くもって、彼らしくない。

「ねえ、どうしたのよ。貴方《あなた》らしくないわよ。言いたいことがあるのなら、はっきり言ってちょうだい」

自分自身、まだ彼に言えていないことがあるのを棚に上げて促《うなが》せば、意を決したようにヴァルフェンが咳払いをして、それから真剣な表情で口を開いた。

「あのな、その、ドレス……は、やめた方がいいと思うんだ。俺は」

「……は？」

脈絡ない彼の言葉に、私の目は点になってしまった。

急に何を言うかと思ったら、そのドレスはやめた方がいい？　一体、どういうつもりなのかしら。

というか、いくらなんでも言っていいことと悪いことがあるでしょうよ……！　どれだけ私に似合ってないからといっても……！

「に、似合わないなら、似合わないって言えばいいでしょ！　はっきりと！」

「……へ？」

突然の否定に対する悲しみと腹立たしさのまま怒鳴りつければ、ヴァルンフェンは意味がわからないという顔をしていた。

私はそれを眺め、自分の愚かさを思い知る。

最後になるだろうから、少しは普通の男女のように過ごせたらと思ったけれど。

魔女と騎士では、そんな空気にはなれないのかもしれない。

単に夕食の席へ正装して出るというだけのことではあるが、ヴァルフェンと過ごせる最後の夜かもしれないという思いもあって、招きに応じた。

彼の前で、魔女としてや旅の共としてではなく、普通の女として振る舞ってみたいという面倒な思いもあった。

けれど、それは無駄にしかならなかったらしい。

正直言って、涙が出そうなほど悲しかった。堪《こら》えた自分を褒《ほ》めたいほどだ。

――ドレス自体は、とても綺麗な品だったのに。

色はヴァルフェンの髪と同じ銀色で、身体にぴたりと沿ったラインで足元に下りるにつれて裾が広がり、ところどころに金剛石《こんごうせき》の欠片《かけら》が、まるで夜空の星のようにちりばめられている。襟《えり》ぐりは広く開いていて、嫌らしくない程度に胸元が露《あら》わになっている。おかげで、いつもより鎖骨が綺麗に見えている気がした。

……なのに。

ヴァルフェンは、私にはこのドレスはやめた方がいいと言ったのだ。

似合っていないなら、それは確かにドレスを用意してくれたダリアスにも悪いと思うし、作ってくれた職人にも申し訳ない気持ちになる。

けれどそれを彼に指摘されるのは、どうにも辛いものがあった。

「わかったわよ。着なければいいんでしょう。別に元の格好で十分だわ。ダリアスも許してくれるでしょうし、貴方《あなた》の目も汚さずに済む」

「おい、待て。あんた何を勘違いして……」

歪《ゆが》んだ顔を見られたくなくて背を向ける私に、ヴァルフェンが戸惑ったように近づいてくる。けれど私は、拒絶の言葉を吐き出した。

「っ近寄らないで！」

「エレニー……？」

ヴァルフェンが、戸惑いの声を漏《も》らす。振り返ってみると彼はこちらに手を伸ばした姿でじっと止まっていた。困惑に揺れる蒼《あお》い瞳を見て、涙が零《こぼ》れそうになるのをぐっと堪《こら》え、私は俯《うつむ》く。

なぜ、そんな顔をするのか。なぜ、触れてこようとするのか。なぜ、そんな声で私の名を呼ぶのか。

もういい。丁度よい機会だ。ここで告げてしまえばいい。

そんな思いに駆られて、私は心に決めていたことを吐き出した。

「……明日、私はここを発《た》つわ。だけどヴァルフェン、貴方《あなた》はもう付いてこなくていい」

決意が揺らがないように、じっと彼の目を見据えて言う。すると、困惑を浮かべていた蒼《あお》い目がすっと細まり、鋭くなる。

まるで私を責めているみたいで、びくりと肌に震えが走った。

「どういう、意味だ」

「言葉通りよ。手配も取り下げられて、私がホルベルクへ行かなきゃいけない理由もなくなった。なら、貴方《あなた》との契約もここで終わりでしょう？　報酬は前の街で薬が売れたから十分払えるわ。だからここで、別れましょう」

シグリーズのもとへ向かうこと自体がそもそも予定外だし、イゼルマール王が出した手配について取り消されたのならば、私にホルベルクを目指す理由はない。

となれば、ホルベルクまでの道中の護衛という名目で交わしていた彼との約束も、もちろん無効になるだろう。

というより、これ以上ヴァルフェンに頼ってしまうのは私の心が耐えられなかった。

正直、動けるようになっていると言っても封輪《ふうりん》の効力は続いているので、頼らせてもらえるならば有り難い。

けれど、きっと途中で自分に自分で嫌気が差すだろう。今でさえ、そうなのだから。

「貴方《あなた》のおかげで、手配を解いてもらうことも出来たし、体調も大分楽になった。とても感謝してるわ。最初に、私を担《かつ》いで逃げてくれたことも」

「あれは……っ」

「本当はあの時、諦めかけていたの。昔、私を逃がしてくれた家族や一族の皆は生きろといってくれたけど、穏やかでも独りで過ごす日々はやっぱり寂しかったから」

内に秘め、自分ですら考えることを放棄していた思いを、初めて明かす。相手がヴァルフェンでなければ、私も口にはしなかっただろう。だけど最後だからこそ、彼に聞いてほしかった。生涯にただ一人、出会えたことを感謝したくなるような彼だから。

「貴方《あなた》も、ダリアスがいるなら当面は大丈夫でしょう？　なんと言っても筆頭貴族だし、彼は信頼出来る人だと私も思う。おかげで安心して貴方《あなた》との約束を終わらせられるわ」

「終わらせる……？」

かろうじて絞り出した言葉の最後を、ヴァルフェンが繰り返した。

そう、終わりだ。彼と共に過ごす時間は、今日で最後となる。

「雇ったのはホルベルクまでだったけれど、封輪《ふうりん》については予定外だもの。貴方《あなた》は傭兵《ようへい》としてはかなり私によくしてくれたわ。その分の報酬はちゃんと用意したから、受け取って」

自分の言葉に、どんどん心が重苦しくなる。言葉を重ねるほど気分が沈んでいくのがわかるのに、止められなかった。

ドレスの下で震える足を叱咤《しった》して無理矢理動かし、用意していたものを手に取り、彼に差し出した。

ユタの涙樹を入れていたのと同じ大きさの布袋。

私自身の存在は、この貧相な布袋と大して変わりない。そんな私でも、せめて、してもらったことへの感謝は形にして渡したい。

抱いている想いを、口にすることは出来なくとも。

「報酬には、この前取るのを手伝ってもらったユタの涙樹の薬も入ってるわ。あまり考えたくない可能性だけれど、できれば万一のために手元に残しておいて」

己の命をかける騎士という職業柄、彼の身には何が降りかかるかわからない。だからこそ、確実に生き残れるだろう方法は残しておいてほしかった。彼のためと言いながら、私自身のためでもある、我ながら驕《おご》った願い事だと思う。

「エレニー」

手にした布袋をぐっと握りしめ、彼のもとに近付こうとした時、静かな声で名を呼ばれた。

「何？　……っ!?」

返事をした瞬間、素早く移動したヴァルフェンが私の手首を強い力で掴み、自分の方へ引き寄せた。温《ぬく》もりが身体を包み込み、唇に温かい熱が乗せられる。

「つん……！」

押し当てるように口づけられて、衝撃と驚きで吐息が漏《も》れた。焦って唇を開けば、それを待っていたかのようにぬるりと口内に侵入されて、いつか感じたのと同じ痺《しび》れが走り抜ける。

――唇を、奪《うば》われている。正しく、文字通りに。

内側に入り込んだ彼の熱が蠢《うごめ》いて、柔らかい肉を掬《すく》い取るように舐《な》め上げていく。

「うふぁ……っあぁ」

息継ぎのために隙間が空《あ》く度《たび》、自分でも耳にしたことのない甘い声が漏《も》れる。

だんだんと熱に浸食されていく思考の中で、これは誰の声かと問うてしまうほど、艶《つや》めいた嬌声《きょうせい》だった。

いつの間にか身体に回されていた太い腕は、まるで逃げてくれるなと懇願《こんがん》しているかのように力強い。

「ヴァ、ルっ……ど、して……っ」

深く暴《あば》かれるのが恐ろしくて、途切れ途切れに彼の名を呼んだ。

すると、激しかった口づけの嵐がやみ、私を抱き締める腕がぐっと強まる。彼の顔が私の首筋に埋《うず》まり、視界の横に、銀色の髪が映り込む。

こんなにもきつく彼に抱かれたのは初めてだった。

「ヴァルフェン……？」

自由になった唇を動かし、大きな身体で私を捕らえる人の名を呼ぶ。

けれど、ヴァルフェンは顔を上げてくれなかった。彼の蒼《あお》い双眸《そうぼう》が見えなくて、少し不安になる。

表情を確かめようと身体を引こうとしたが、回された腕は鋼鉄の拘束《こうそく》みたいにびくともしない。

どうしたものかと思っていたら、私の首元に顔を埋《うず》めたままの彼の口から、絞るように声が吐き出された。

「報酬なんていらない……っ！　終わりになんてさせない！　俺は、あんたと、エレニーと共に行きたいんだ。ただ、それだけなんだっ……！」

普段の彼からは想像出来ないくらいか細い声だった。彼の吐息が、吐かれる言葉と一緒に肌を包み、震える心を蝕《むしば》んでいく。

「俺は！　ダリアスのように爵位が高いわけでも、あんたが気分よくなるような言葉もかけてやれない！　けど、それでも……っ」

決して逃れる隙のない抱擁《ほうよう》に、心音が重なるほどの密着に、脈打つ音がうるさく響く。けれど彼の熱を孕《はら》んだ声だけは、驚くほど鮮明に鼓膜《こまく》と心に届いた。

「それ、でも……？」

期待と希望と少しの恐怖で、私は彼の腕と厚い胸の感触しかわからなくなる。

「俺は、あんたが、好きなんだ……っ!!」

「っ……」

求めていた言葉。

決して耳にすることはないだろうと諦めていた言葉を叫ばれて、私は生まれて初めて、幸福による涙を頬に落とした――

「……っ馬鹿よ……っ、貴方《あなた》、本当に……ばかっ」

彼の腕に負けないくらい、私も強い力で抱き返すと、首筋に埋まっていた銀色がばっと上がり、驚きの表情を見せた。

もう、なんて顔をしてるのかしら。

零《こぼ》れる涙を瞬《まばた》きで払いながら、私は驚愕《きょうがく》から歓喜へと染まる愛しい騎士の顔を眺める。

「貴方《あなた》にとって、私は魔女の生き残りでしかないのだと思っていたわ……手配は取り下げられたとはいえ、王から目をつけられている。だから、監視する方が大切なのかと……さっき、聞いたのよ。ダリアスと話していたことを。私を、自由にする気はないって言っていたこと」

好きだと言われたことで感情に火がつき、暴走しながら思いの丈を言葉にしてしまう。止めどなく溢れる涙が、ぼたぼたと私と彼の間に落ちていく。

「それは、その、今更あんたを、手放すつもりはないって意味で……」

「そんなの、わからない、わよ……っ！　馬鹿……！」

そもそもは立ち聞きしてしまった自分が悪いのに、責任を押しつけ涙声で罵倒《ばとう》した。けれどヴァルフェンはなぜか、それを嬉しそうな笑顔で受けている。もう、悔しいのだか嬉しいのだか、感情がごちゃ混ぜでわけがわからない。

「悪かった。もっと早く言うつもりだったんだ。ずっと……あんたの傍にいたいって」

ヴァルフェンが抱き締めていた腕を解き、今度は私の両肩を掴んで真正面から真摯《しんし》な視線を向けてくる。

それから、ダリアスに嫉妬《しっと》していたのだと暴露《ばくろ》した。

「ダリアスに……？　どうして……？」

意味がわからない、と正直に言えば、ヴァルフェンはぐっと息を詰め、みるみる顔を赤く染めていく。

眉根をぐっと寄せ、顰《しか》めっ面《つら》までしているというのに、全く怖さを感じないのは、彼が心底切羽《せっぱ》詰《つ》まった様子をしているからだろうか。

私よりも大きな身体で、私など足下にも及ばぬ強さを持つのに、なぜこんなにも可愛らしい反応をするのだろう。

「～～～っあんたが！　あいつの言葉で頬を染めてただろう！　さっきもダリアスのことをやたらと褒《ほ》めていたっ！　惚れた女に他の男を褒《ほ》められて、嫉妬《しっと》しない男がどこにいるんだ！　その姿だって、あいつに見せたいわけがないっ」

勢いよく叫ばれて、愛しいという想いが湧き出てくる。

既に満ち溢れているというのに、収まりきらない。

自分の顔が、笑み崩れていくのがわかった。

「……嬉しい。なんて言っていいかわからないくらい、嬉しいわ……ねえ、貴方《あなた》気付いてる？　顔真っ赤になってるわよ。ヴァルフェン」

名を呼べば、彼はぎゅっと唇を真一文字に引き結んだ後、これでもかというくらい顔を背け、「見るなっ」と叫んだ。

そんな彼の様子に、私は歓喜を感じていた。

討伐されるはずだった魔女である私と、討伐に来たはずの騎士であるヴァルフェン。

彼の想いをはき違え、勘違いしていた私に、本心を伝えてくれた人。

愛しいという想いを全身で表してくれている彼に、私は涙が滲《にじ》む視界のまま、この先も共にあることを約束した。

……残した旅路の、その先までを。

◇◆◇

「おや、二人とも、面白い顔をしているね」

約束の夕食時、ヴァルフェンと二人揃って顔を出せば、ダリアスにそう揶揄《からか》われた。

「やかましいっ」

「ちょっとヴァルフェン」

ヴァルフェンがダリアスをぎっと睨《にら》み付け、怒鳴ったのを窘《たしな》める。

といっても、顔を赤くして怒鳴られたところで、ダリアス自身はどこ吹く風だが。

「まあ、無事くっついてくれて安心しました。何しろ私も大事な友人に、エレニー嬢に惹《ひ》かれているると、嘘まで吐いたのですからね」

「な……」

ああ、なるほど。それでヴァルフェンが突然、私の部屋に入ってきたのか。

まあだからこそ、今こうしているわけだけど……

感謝と共に、少しだけ悔しい気持ちもあった。

「ダリアス、お前っ……」

再びヴァルフェンが怒った声を出したが、くいと彼の隊服の袖を引っ張り阻止する。

せっかくドレスを着て、ヴァルフェンも蒼《あお》の士隊の騎士服を着ているのだ。文句を言うのは後でいい。それに、ダリアスのおかげなのは確かだ。

「おや、庇ってくださるのですか。ヴァルの想い人は、美しくも優しい女性らしい。これは私も頑張らないといけないかな？」

ダリアスはヴァルフェンではなく私に向けて、楽しそうにそう言った。

けれど、細められた湖色の目が、友人を温かく見守っているのが見て取れた。

「――少し、彼女と話がしたいんだが。お許しいただけるかな？　親友殿」

夕食後、一息ついた頃合いを見計《はか》らったように、ダリアスが言った。

食後に通された客間と思《おぼ》しき部屋には、私とヴァルフェン、ダリアス、そして部屋の隅にロータスがいる。屋敷の主《あるじ》に促《うなが》されるまま長椅子へ座った私達の前には、先程使用人の女性が持ってきた紅茶が置かれていた。

薬草茶と違って飲み慣れないけれど、高位の貴族が口にするのに相応《ふさわ》しい希少な茶葉の香りに、私はほっと息を吐く。

食事は素晴らしく美味《おい》しかった。が、部屋の装飾であったり、使われている銀食器だったりが緊張を煽《あお》ってくれたため、ゆっくり味わえたかと言えばそうではなかった。美味《おい》しかったのは覚えているが、何がどうだったという細かいところまでは思い出せない。

私はあまり、貴族的な生活には向いていないかもしれない。

ヴァルフェンは私の隣に座っていたが、しばし無言でダリアスを見つめた後、諦めたみたいに溜息を吐き、私へ顔を向けた。

「だそうだ。嫌なら断っても構わんが。どうする？　エレニー」

「え……別に、構わないけど……」

戸惑いつつも了承の返事をすると、ヴァルフェンはまたがりがりと頭を掻《か》きながらダリアスをきっと睨《にら》み付け、「いらないことを言うなよ」と意味のわからない口止めをしていた。

——何、私は一体なんの話を聞かされるの？

訝《いぶか》しんでいたら、ダリアスは金色の髪を揺らし、何か含みがありそうな微笑を浮かべた。

「ヴァルのそんな顔が見られるとはな。人生わからないものだ」

「ほっとけ」

不可思議なやりとりに内心首を傾げるけれど、彼らは会話を打ち切り、話題を再び私へ振ってくる。

「まずは、お探しだった魔女シグリーズについてです」

「はい」

「居場所などは先に伝えた通りですが、その方自身について、ロータスが気になる話を持ってきました」

「気になる話……？」

ダリアスの言葉に、部屋の隅で控えるロータスへ視線を移すと、彼が頭を少し下げ、静かな声で語り出した。

「……老魔女シグリーズが、かつての貴女《あなた》と同じく近隣の村へ自作薬を卸《おろ》しているのは間違いありません。彼女から薬を仕入れている雑貨屋が、最近の彼女の変化について口にしておりました。なんでも、何かが近々完成する、と言っていたそうです」

「完成する？　って、薬のことではないの？」

「雑貨屋の男もそう申しておりましたが、普段はそのようなことを口にする人物ではないらしく、不思議に感じたのだとか」

「どう思いますか？　エレニー嬢」

話を終えたロータスの言葉を引き継ぎ、ダリアスが私の方をじっと見つめる。深刻な表情は、老魔女シグリーズの変化に思うところがあるからなのだろう。

しかし、薬剤以外思いあたるものがない。

「どう思うと言われても……私達は元々薬の精製が生業《なりわい》だし、私自身は趣味でもあるから、色々な精製法を試したり、研究したりするわ。だから完成すると言っていたなら、複雑な薬剤が完成しそうだとか、新しいものを作り出せたとか、そういうことなんじゃないのかしら」

浮かんだ答えを口にしてはみたが、どうにもしっくりこない。それはダリアスも同じだったようで、彼も難しい顔をしていた。

「……そうですか」

短い返事をした後、ふっと長い金色の睫《まつげ》を伏せ、再び澄んだ湖色の目を開く。

「失礼を承知で伺いますが、東国の先王が亡くなったとはいえ、人の思いはそうそう晴れるものではないと私は思っています。貴女《あなた》は、復讐《ふくしゅう》などは考えなかったのですか？」

どこか探るような眼差しで問われる。

なるほど、そういうことね。

「それ、ヴァルフェンにも聞かれたわ」

彼の意図を理解して答えれば、ダリアスは視線を和《やわ》らげ微笑んだ。

「でしょうね」

東国の魔女一族の集落が焼かれたという話自体は、六年前に起こったものだ。

そしてこの六年間、生き残りが東国で事件を起こしたという知らせは聞こえてこない。生き残りが何人いるのか正確なところは不明だが、皆ただ静かに暮らしたいのだろう。

「考えなかったと言えば嘘になるけれど、元々私達一族と東国の民《たみ》の関係は悪くなかったの。むしろよい方だった。それに私は知っているのよ。六年前のあの時、東国の王が私達のもとへ攻め込むのを阻止しようとしてくれた人達が国の中枢にいたことを」

現エルファトラム王が立ててくれた墓標の中に、私達一族ではない人――先王を諌《いさ》めた彼らの名が刻まれていることは、恐らく当事国である東国の民《たみ》しか知り得ぬこと。私が彼らに復讐《ふくしゅう》しない理由は、そこにもある。

「……なるほど。だから貴女《あなた》は、静かにあの地で日常を送っていたのですね」

ダリアスが慈《いつく》しみを含んだ声でそう言った。どこか申し訳なさそうな響きなのは、その日々をイゼルマール王によって阻《はば》まれたと知っているからだろう。ヴァルフェンが信頼するに足る人物だと称するのもよくわかる誠実さだ。

「まあ、どこかの討伐騎士に担《かつ》ぎ上げられて、静かな日々とは縁遠くなったけどね」

これまでじっと傍で話を聞いていたヴァルフェンを見ながらそう言えば、屋敷の主《あるじ》は一瞬きょとんとした顔をして、それから豪奢《ごうしゃ》な部屋に笑い声を響かせた。

「……辛い記憶を掘り返すような真似をして申し訳ありませんでした。しかし、私はどうもシグリーズの言葉が気にかかるのです。出来れば、貴女《あなた》にも気に留めていただけると助かります」

「わかったわ」

ダリアスの話に頷く私も、実は気になっていた。完成するものとは、確実になんらかの薬剤のことだろう。しかし、普段から製薬ばかりしている私達が、わざわざ他人にそんなことを言うのもなんだか変な話だ。よほど特別な品なのかもしれない。

「どちらにしろ、出発は明日だな。エレニーの体調は大丈夫なのか？」

ヴァルフェンが、話は終わったとばかりに立ち上がりつつ、片手をこちらへ差し出した。

私はその手を借りて立ち上がり、平気だと伝えるために微笑む。

「へえ、ヴァルが女性をエスコートするとはね。これはいいものを見せてもらった」

私達を見て、ダリアスがにやりと笑ってヴァルフェンを揶揄《からか》う。

「おい、ダリアス、お前いらぬ話を……っ」

ヴァルフェンは、なぜか頬を染めながら、焦ったようにダリアスへ釘を刺している。

「だってヴァルは夜会にすら滅多と出てこないじゃないか。ヴァルの貴族嫌いは相当だからな」

「貴族嫌い？」

ダリアスの言葉を繰り返すと、彼は私へ視線を向け、大きな猫目を楽しそうに煌《きら》めかせた。

「そうです、ヴァルは根っからの貴族嫌いでして。彼の一族は男爵の爵位を持ってますが、それも武勲《ぶくん》によって与えられたもので、他の貴族とは少々違います。実力で位を勝ち取った勇猛な一族だと私は思っていますが……まあ、そう考えない愚か者も多くいる世界でして」

「そう、なんですか」

ヴァルフェンが貴族に関して何か思うところがある様子なのは、共に過ごして感じていたけれど、なかなか根の深いものだったらしい。恐らく私が思う以上に、厳しい立場だったのだろう。

「エレニー嬢は旅の間ヴァルと食事を共にしていたはずですよね？　その時に妙だと感じたことは

ありませんでしたか？」

「そういえば……」

続いたダリアスの言葉に、ヴァルフェンが食事の際にとっていた行動について合点《がてん》がいった。あれは多分、毒を盛られたせいではなく、内輪から攻撃されたせいだったのだ。

「私はヴァルのように騎士学校へは通っていませんが、話は耳に入っていましたからね。散々だった様子ですよ。それこそ、嫌がらせのせいでろくに食事も取れないくらいに」

「もういいだろ。昔のことだ」

ヴァルフェンが、肩を竦《すく》めながら話を打ち切る。本人はなんでもないみたいな顔をしているが、癖になるほどだ。相当だったはず。だから彼は自分で食事の用意だって出来るのだ。

「……貴方《あなた》、案外苦労人だったのね」

「あんたほどじゃ、ないけどな」

じっと見つめて言えば、にっと笑って返された。

やたらと正義感が強かったり、面倒見がよかったり、人のいいところがあったりすると思っていたが、それらは全て彼自身が痛みを知る人間だったからなのだろう。

だからこそ、私に向けられた理不尽な仕打ちを許すことが出来なかったのだ。

……ほんと、見た目と違って、人がいいんだから。この騎士は。

けれど、そうでなければ、私は今頃こんな想いを胸に抱いてはいなかっただろう。

「まったく、人の過去を暴露《ばくろ》するとは、お前も大概趣味が悪いな」

「そうか？　愛する友についてその恋人に深く理解してほしいと思うのは、当然の感情だろう？」

「……気持ち悪いことを言うな」

照れているのか、顰《しか》めっ面《つら》でぶつぶつ零《こぼ》す銀髪の騎士と、それを軽く受け流す黄金色の公爵とのやりとりに、私は羨望《せんぼう》と微笑ましさを感じた。

◇◆◇

「聞いた話では、ここら辺みたいだが……」

翌日。ダリアスと別れた私達は、もう一人の生き残りであるシグリーズがいるという土地を探し歩いていた。場所はダリアスの別邸から半日馬車で走ったところにある、森の奥深く。道らしき道もないため、馬車を降りるしかなかったのだ。

彼女の家については、ここから少し離れたところにある村の住人に教えてもらった。

「それにしても……なんだか、寂しい場所ね」

「同感だな」

しんと静まり返った森の中に、私とヴァルフェンの声だけが響く。

私がいた開《ひら》けた土地とは違う、鬱蒼《うっそう》とした森の景色に、ざわざわとした不吉な感覚が胸を過《よぎ》る。

……こんなところで暮らして、恐くないのかしら。暗いし、見た目にも寂しいことこの上ない。

静かすぎるこの森の中で、彼女は何を思い毎日を過ごしているのだろう。

ふと、そんなことを考える。

私も一人ではあったが、住んでいた場所は日当たりのよい丘の上だった。けれど、ここはそことは正反対で、まるで全ての者を拒絶しているかのような仄暗《ほのぐら》さだ。

「これだな、小屋っていうのは」

「ええ、そうね」

歩き続けて辿り着いた場所には、確かに人が暮らせそうな小屋がぽつんと立っていた。玄関扉に東国の織物が貼り付けられていて、軒先《のきさき》にいくつもの薬草が干してあるあたり、シグリーズの暮らす小屋というのはこれで間違いないだろう。

私とヴァルフェンは目を見合わせてから、扉に付いていた呼び鈴を鳴らした。

金属の硬質な音が、リィンと響く。

すると、ごとごとと物音を立てて、扉の中から老女が顔を出した。真っ白い髪に、皺《しわ》の刻まれた肌。けれど背筋はピンとしていて、目の光も強い。

「誰だい、お前さん達は」

「突然失礼します、シグリーズ様。私の名はエレニー＝フォルクロス。東国の魔女フォルクロス家の生き残りです」

彼女の顔を確認して、間髪容《かんはつい》れずに名乗りを上げた。

隣に立つヴァルフェンは意外だったのか、驚いた顔で私を見つめている。

私がそうしたのにはわけがあった。

「……本当だね。あんたにもあたしと同じ血の魔力を感じるよ。まあよく来たね、こんなところまで。突っ立ってないで、入りなよ」

そう、私達魔女の一族は血の内に魔力が流れているのだ。

そして、私達はそれを感じて同族かどうかを判断できる。つまり、探知と感応《かんのう》の能力を持っているのだ。離れているとわからないけれど、こうやって向かい合えば判別方法として役に立つ。

「有り難うございます。失礼します」

老魔女に断りを入れてから、私達は彼女の住処《すみか》に足を踏み入れた。

そして簡単な説明だけして、シグリーズへ私の右腕に嵌《は》まっているものを見せる。

「ほお、封輪《ふうりん》なんて久しぶりに見たね。遺物はあたしも持ってはいるが……それは忌《い》むべきものだ。あまり人間に使ってもらいたい代物《しろもの》じゃあないね。ドルテアなんぞには特に」

「ええ……」

シグリーズの言葉に、重く頷く。ヴァルフェンも家の初代がドルテアとの侵略戦争で武勲《ぶくん》を立てた騎士だと言っていたから、あの国の危険性は理解しているのだろう、神妙な面持ちで話を聞いていた。

ドルテアは今でこそ静かだが、元々、好戦的で内乱や侵略が多い国だ。イゼルマールとホルベルクとは地続きであるせいか、かつて国境線では度々小競《こぜ》り合いが起きていた。

私達一族が散《ち》り散《ぢ》りになったことで、いくつかの遺物もドルテアへ流れてしまったようだが、そのほとんどが低級の品だったのか、今のところそれらが使われたという大きな事件は起きていないらしい。

「それで、あんたらはあたしを訪ねてきたのかい？　封輪《ふうりん》の解除のために」

「そうです。昔、母から魔女の遺物は同族にしか解除出来ないと聞いたのを思い出して、貴女《あなた》を探してきたんです」

「よく探せたもんだね」

頷いて答えた私に、シグリーズが皺《しわ》に囲まれた黄色い目を一瞬煌《きら》めかせた。

「はい、彼の友人が探し当ててくれました。ですがご安心ください。信頼に足る人物です。かつ高位の貴族でもあるので、他の権力者にどうこうされることもないでしょう」

あらかじめダリアスから伝えられていたことを、そのまま口にする。

また、必要だったため探させてはもらったが、干渉するつもりはないことも伝えた。

私が話し終えると、老魔女シグリーズはくっくと魔女らしく笑い、のそりと動いて、近くにあった木棚から一冊の本を取り出した。

「それは……」

皺《しわ》だらけの手が持っている書物。それを見て、私は驚愕《きょうがく》で目を見開いた。信じられなかった。ソレが、ここにあることが。

古ぼけて装丁もところどころ破けたそれは、私が幼い頃に目にした覚えのあるものだった。

「どう、して、それを」

東国の魔女一族に伝わる、『禁忌の調合書』。秘術が記されている禁断の書物。

それが、なぜ今ここに。

私の脳裏に、ダリアスの言葉が蘇《よみがえ》る。シグリーズは何かについて「近々完成する」と言っていたはずだ。

私の驚愕《きょうがく》に染まった表情を見たシグリーズが、唇をにいと上げて嗤《わら》う。毒々しささえ感じさせるその笑みに、背筋がすっと冷えていく。

もしかして——

考えたくもない予想が浮かんだ。

それはあってはならない、してはならないことだ。

「そうだ。これは禁書だよ。業火《ごうか》に巻かれた長《おさ》のもとから、私が命からがら運び出したものだ」

「……っ！　それは長《おさ》以外、手にしてはいけないものでしょう！」

「ならば、あのまま東国の王に奪《うば》い取られるのを眺めていればよかったと？　もしも彼奴《あやつ》の手に渡っておれば、今頃はこの四国全ての国が無事では済まなかっただろう」

嗄《か》れた声に憎悪を込めて、シグリーズが囁《ささや》く。

「貴女《あなた》……一体何を作ったの……？」

私の問いかけに、シグリーズは目を歪《ゆが》ませた。

「フォルクロス家の者なら名前くらいは知っているはずだね？　精製方法も禁忌として秘していただけではなく、作り出すことなかれ、精製せし者は粛正《しゅくせい》せよと、我々は教えを受けていたのだから」

「まさか……！」

「そう。そのまさかだよ。長かった……アレが出来るまで、本当に長い月日を要したよ。この身体が朽《く》ちるまでに完成させられたのは、ひとえに東国の先王への恨みのおかげだったんだ……」

偉業を成し遂げたのだとばかりに、シグリーズが恍惚《こうこつ》とした声で語る。

それを聞く私の指先が、肩が、彼女の犯した大罪に小刻みに震えた。

「おい、アレってなんのことだ。エレニー、どういうことなんだ⁉」

私の隣に立つヴァルフェンが、震える肩を片手で掴み、自分の方へ引き寄せ叫ぶ。

私の様子から、恐らく彼にも彼女の言うものが脅威《きょうい》であると伝わっているんだろう。

「……答えてあげよう、お若いの。そのお嬢さんが恐れているものの正体はこれさ。名を『暁《あかつき》の炎』という」

嬉しげに、楽しげに言うシグリーズが長いローブの裾を引き摺《ず》って、部屋の隅から片手に載るほどの小さな壺を取り出した。

「あかつ……？」

「そう。ここに混ぜ込んだ血に連《つら》なる者を炙《あぶ》り出し、その名の通り炎が如《ごと》き疫病《えきびょう》でその命を摘《つ》むものだよ」

「疫病《えきびょう》だとっ⁉」

これ以上愉快なことはないと言わんばかりに嗤《わら》うシグリーズに、ヴァルフェンが驚愕《きょうがく》と怒りに燃えた声で叫ぶ。

――そうなのだ。

暁《あかつき》の炎とは、一族の始祖である暁《あかつき》の魔女によって編《あ》み出された、この世で精製できる毒物の最高峰とされる毒薬。

それは、精製者が望んだ相手と、その者の血族全てを死に至らしめる毒であり、使いようによっては、その家に連《つら》なる末端の者までをも滅ぼすことが出来る。しかも、選定のために必要となるのは、殺したい相手の髪の毛一本でも、血液でも、身体の一部であればなんでもいい。それを混ぜ込めば、たちまち一族全てを滅ぼす疫病《えきびょう》と化すのだ。

恐らく彼女は、なんらかの方法で東国の王族の髪や血を手に入れ、精製の際に混ぜ込んだのだろう。

全ては、東国の先王ドゥマラ＝エルファトラムの血に連《つら》なる者を殺すために。東国の士族など、親類縁者も含めればどれだけいることか。

歴史を紐解けば、かつて他国へ嫁《とつ》いだ王族もいるはずだ。下手をすれば四国全土に被害が広がってしまう。

「ああ、楽しみだねぇ……こんな離れた地から王家が滅ぼされることになろうとは、現東国王もよもや思ってはいまいよねぇ」

熱に浮かされたように語るシグリーズの目には、最早狂気の光しかない。

彼女は正気じゃない。そして、自分がどんなに恐ろしいことをしようとしているか、理解した上で実行へ移そうとしていた。

迫り来る未来を想像して、恐怖で呼吸が浅くなる。

「他者を、罪のない者を犠牲《ぎせい》にして、貴女《あなた》に何が残るというの……っ！」

責を負うべきは先王ドゥマラであって、王家自体に罪はない。むしろ現王は父である先王を自《みずか》らの手で断罪したのだ。

咎《とが》を負うべき者は既にこの世にいないのに、その血が流れているだけの無関係の人間を殺したところで、残るのは夥《おびただ》しい屍《しかばね》のみ。

無意味な犠牲《ぎせい》しか生まない行為は、愚かの一言に尽きる。それこそ、先王ドゥマラの行いと何も変わらない。

けれどシグリーズには、私の言葉は届いていないようだった。

「家族を殺されたのだ……！　それからずっと、あの集落が焼かれた日から独りここで暮らし、恨みの念だけを糧《かて》に生きてきた！　今更後には引けぬ！」

シグリーズが、呪詛《じゅそ》に似た叫びを上げる。

復讐《ふくしゅう》がしたいのはわかる。一族を襲ったドゥマラ王をこの手にかけたかったのは、私だって同じだ。

しかし、関係のない他者まで巻き込みたいという独りよがりな思いは、私にはわからなかった。

「先王はもうこの世にいないのよ……関わった者でまだ生きている者は確かにいるでしょう。だけど、あれを指揮したのは先王だった。責めるべきは、従った者ではなく従わせた者の方よ！　犠牲《ぎせい》を増やすことに意味なんてないわ！」

「っそんなに！　そんな風に割り切れるものか……我らになんの咎《とが》があったというのか！　ただこの世に在っただけだ！　惨《むご》たらしく命を奪《うば》われた者達への償《つぐな》いを、一体誰がするというのだ！　あの日、私と娘を繋いでいた手が離れた瞬間、私はずっと、娘の名を叫び続けた！　しかし娘は戻らなかった……っ！　残ったのは、焼け落ちた残骸《ざんがい》だけだった！！！」

シグリーズは、皺《しわ》に囲まれた目から涙を溢れさせながら、怒り狂ったように吐き出し続けた。

私もヴァルフェンも、彼女の怒りと悲しみに閉ざされた心へかける言葉が見つからず、ただその慟哭《どうこく》を聞き続けている。

「……なぁ、あんた、封輪《ふうりん》なら外してあげるよ？　この暁《あかつき》の炎を振りまく手伝いをしてくれると言うならね」

「何を言って……」

シグリーズは、私に黄色い目を向けてにぃぃと嗤《わら》う。

「外してほしいんだろう？　他の生き残りのところに行くならそれでもいいさ。けどその頃にはもう、この暁《あかつき》の炎が東国の王家を滅ぼしているだろう」

――やはり、駄目だ。

シグリーズには、もう誰の言葉も届かない。

私は諦めを抱きながら、静かにヴァルフェンへ視線を流した。すると、彼の蒼《あお》い目が鋭く細まり、戦いの最中に見せる光と似たものを灯す。

……昨日ダリアスの話を聞いた後、私はヴァルフェンに一つの可能性を聞かせていた。それは、シグリーズが口にしていたという完成を迎えるものの用途が、復讐《ふくしゅう》に関わるものだった場合の話だ。その時は何があっても止めようと、私達は決めていた。

予想通りとなってしまった展開に、悲しい気持ちが湧き出す。シグリーズの心も理解出来るからこそ、彼女にこの行動をとってほしくなかった。

もしかすると、イゼルマールに来た当初の私なら、彼女の言葉に頷いていたかもしれない。胸の奥に押し込めた怒りは、今だってなくなったわけではない。

けれど、私はヴァルフェンに出会って、外の世界や他者との関わりを知った。大切な存在が出来た今だからこそ、彼女の行為を見過ごすわけにいかない。復讐《ふくしゅう》なんてものが生み出すのは惨劇《さんげき》だけだ。そんなものに、あの白い花が咲き乱れる安らかな地を穢《けが》させたくなかった。

「シグリーズ、申し訳ないけれど、私は同族として貴女《あなた》の行動を見過ごせない」

シグリーズについて私に告げた時の、母の言葉が蘇《よみがえ》る。恐らく母は見越していたのだろう、こうなることを。

だから逃げ延びる私に、あの言葉を残したのだ。

「止めさせはせぬ！　手を出すならば、この場で解き放つまでよ――っ！」

シグリーズが、壺を高く掲《かか》げる。

その瞬間、私の背後から疾風《しっぷう》が巻き起こった。

「つぐぁ!?」

瞬《まばた》きの間に、ヴァルフェンがシグリーズの手から小さな壺を奪《うば》い取っていた。

私は咄嗟《とっさ》に背後の扉を開き、彼を外へと誘導する。

「こっちへっ！　早く！」

「ああ！」

「返せぇぇぇぇぇぇっ!!」

シグリーズが獣のように叫びながら、私達を追いかけてくる。

小屋の外側、樹々の根が張り巡らされた暗い森へと出た私達は、一定の距離を取って彼女と対峙した。シグリーズの目は血走り、唇も身体も、憎悪と怒りで震えていた。

「なぜ邪魔をする――!?　東国の王家が滅んだところで、お前にはなんの関係もないだろうっ」

「罪もない人々が犠牲《ぎせい》になるというのに、平気でいられるわけがないでしょう！　東国の王族の中には、かつて私達一族と交わった人々もいるかもしれないのよっ!?　その人達まで殺すつもり!?」

伝わらないと知りつつも、シグリーズに向かって言い募《つの》る。

今の彼女がやろうとしていることは、あのドゥマラ王と同じことだと。

「知ったことか……っ！　私は！　私は――！」

シグリーズが、白い髪を掻《か》き毟《むし》りながら叫んだ。そしておもむろに、ローブの中からばっと小瓶を取り出す。

「お前とて！　愛する者を失くせばわかる！　この逃れられぬ憎しみが！」

そう言って、彼女は小瓶を樹の根が張る地面へと叩き付けた。パァンと破裂音が辺りに響き、独特の臭気が辺りに漂《ただよ》う。

この、臭いは――！

気付いた時には、既に遅かった。迫り来る気配は私でもわかる。深い森の中から近付いてくるのは、殺気だ。

「これは……」

ヴァルフェンが焦りを滲《にじ》ませた口調で呟き、周囲に目をこらす。

「野犬……？」

「いや、狼だ。しかも……かなり大型のやつだな。数は……二十、いや違うな、三十くらいか」

微かに聞こえる、獣が獲物《えもの》を前にした時に鳴らす低い唸《うな》り声。地鳴りを思わせる響きが、少しずつ私達の方へ迫っていた。

「さっきのは森の獣達を呼び寄せる誘引剤《ゆういんざい》だよ。興奮剤も含んでる。私はあれらに増強剤を与え飼い慣らしているんだ。そこらの狼なんざ赤子みたいなものさ。……さあ、お前はすぐ傍にいる人間が消されても、まだ憎むなとあたしに言えるのかね……？」

シグリーズが、にたりと邪悪な笑みを浮かべてそう告げる。

「嘘でしょ……っ」

「ああ、これは流石《さすが》に、まずいかもな」

ヴァルフェンが、私を背に庇いながら呟いた。
二、三匹ならどうにかなっただろうが、三十なんて数、二人では到底捌《さば》き切れない。しかもここは森の中だ。狼のテリトリーで逃げ場なんてない。

一体、どうすれば――

「俺は、こう見えても博愛主義者なんだけどな」

森の奥から一匹二匹と姿を現す巨大な獣の影に、ヴァルフェンは剣を抜きつつそんな台詞《せりふ》を吐いた。それからじりじりと私を背にして下がり、近くにあった大樹と自《みずか》らの背の間に私を挟み込む。

文字通り、私の盾となるように。

「ちょっと！　逃げないと……っ！」

「走って逃げたところで、横から飛びついて噛まれるさ。それならまだ向かってくるやつを叩き切った方が、勝てる余地はある……時間稼ぎもしたいしな」

私の言葉を否定し、ヴァルフェンは後ろ手に暁《あかつき》の炎の壺を私へ渡した。

「持っていてくれ。くれぐれも割るなよ？　あの婆《ばあ》さんの望み通りになっちまう」

「でも、これじゃ貴方《あなた》が……」

「まあ、やれるところまでやってみせるさ」

ヴァルフェンは背中越しにそう言って、軽く肩を竦《すく》めてみせた。けれど、彼の背にいつもの余裕は見えない。

「来るぞっ！」

その声を合図に、次々と黒い獣が彼に向かって飛びかかる。

「つらぁ!!」

彼は狼達を長剣で薙《な》ぎ払いながら、襲い来る獣の数を確実に減らしていった。

獣達を呼び寄せたシグリーズ当人は小屋に逃げ込んだのか、扉の前に姿はない。恐らく全てが終わった頃に出てくるつもりなのだろう。

私を背に剣を振るうヴァルフェンを見ている間に、じりじりと焦りが浮かぶ。何も出来ない自分が歯がゆい。けれど彼の足手まといになるのがわかるから、行動も起こせない。ヴァルフェンという手練《てだ》れの騎士だからこそ、襲い来る獣達を払うことが出来ているのだ。

あの宵《よい》の騎士達の時のように、何か使えるものはないかと持ち物を探ってみたが、麻痺剤《まひざい》はユタの涙樹を飲んでいない今、使えなかった。

「……っ流石《さすが》に、疲れる、な……っ」

ヴァルフェンが、大きく肩で呼吸している。乱れた銀髪の隙間から流れる汗が、疲労の度合いを表していた。

けれど、向かってくる獣の勢いは変わらない。

「何これ……！　後から後から、来てるじゃない……っ！」

撒き散らされた誘引剤《ゆういんざい》の影響なのか、三十匹ほどだった黒い狼達は、今やその倍にまで数を膨ませていた。どう見ても、ヴァルフェン一人でどうこう出来る数ではない。

「……っ」

もう何匹目かもわからない獣を切り捨てた後、ヴァルフェンがぎりりと歯ぎしりをした。余裕がなく、切羽詰《せっぱつ》まっているのが背中越しにもわかる。

「ヴァルフェン、もういいから、貴方《あなた》一人じゃ……っ」

「馬鹿野郎っ！　あんたが出ていったら、それこそ一瞬で終わるぞ!!」

怒鳴り声で返された。けれど、滝のように流れる汗と荒い呼吸が、彼はもう限界なのだと私に知らせる。

このままでは、確実に二人ともやられてしまう。

そう思った瞬間、ヴァルフェンがぐるりと振り向き、私の視界が暗転した。

「きゃあっ!?」

どさっと、思い切り地面に押し倒されて、強《したた》かに打ち付けた背に痛みが走る。

額《ひたい》に当たる感触から、ヴァルフェンの胸に抱え込まれているのだと理解した。

「――悪い。逃がしてやりたいが、多勢に無勢ってやつだからな……俺だけで満足してくれりゃいいんだが」

そう言いつつ、ヴァルフェンは私を胸へぎゅっと抱え込んだ。私と彼の体格差は言うまでもなく、私の全身がヴァルフェンの身体に包まれる。

そして彼の身体越しに、いくつもの衝撃が伝わった。

「つぐ……！」

獣の爪が彼の騎士服を切り裂いている。鉄錆《てつさび》に似た臭いが私の鼻孔に届き、彼の血が流れているのがわかった。

私を抱え込んで、自《みずか》らを盾にして、守っているのだ。この男は。

「どきなさい！　どきなさいってばっ！」

「いいか……らっ……大人しくしてくれ……っあと、少し、だから……っ」

何度も何度も切り裂かれ、噛みつかれているのに、ヴァルフェンは悲鳴も上げずに呼吸を漏《も》らし、私を強い力で抱え込み続けている。辺りには血の臭いが蔓延《まんえん》している。それにつられて、より興奮し襲いかかる獣達の咆哮《ほうこう》が聞こえた。

「ヴァルフェン……っ！」

「わ、るい、今、取り込み中……っ」

なのにヴァルフェンは、ひたすらじっと耐えている。私を、守りながら。

食らいつかれ引っ張られたのだろう、やっと少し空《あ》いた隙間から彼を見れば、白地の騎士服は原型を留めないほどに引き裂かれ、真っ赤に染め上げられていた。

鋭い爪痕がいくつもついていて、破れた生地の間からは赤い血肉が見えている。

なのに。

――どうして。

――どうして、どいてくれないの……っ！

ヴァルフェン一人なら、逃げ延びることもできたかもしれないのに、そうできない人間なのだと知っていても、そう思ってしまう。

「……なんで、どかないのっ！　どいてっ！　お願いだからぁっ！」

私に覆《おお》い被さる彼の胸から逃れようと身を捩《よじ》ってみるが、びくともしなかった。

何度も何度も食い破られて、騎士服が夥《おびただ》しい鮮血で真っ赤に染まっているのに、ヴァルフェンは私を抱え込んだ腕を放そうとはしない。逃げてくれようとはしない。

このままじゃ……っ。

「――馬鹿だろ。あんた」

焦りと、切なさで胸が締め付けられ、涙を零《こぼ》し始めた私に囁《ささや》かれた声。はっとして顔を上げると、滲《にじ》む視界の中に、こんな状況には似合わない笑みを浮かべた騎士が見えた。

「惚れたら、守るだろ」

ヴァルフェンは、笑っていた。

――っ！

銀色の髪の隙間から、紅《あか》い雫《しずく》が流れ落ちる。彼のこめかみを伝い、頬を伝い、顎《あご》へと渡って、それは私の頬に落ちた。

温かい血。誰の？　彼の、ヴァルフェンの。

「……くっ」

「ヴァルッ……!?」

小さな吐息を最後に、彼の身体が崩れ落ちた。私の胸の上に、巨体がどさりと落ちてくる。

四肢に力は入っておらず、さながら操り人形が繰り手を失ったかのように、生気を失いぐったりとしていた。

「い、嫌ぁあああ――――っ!!」

その瞬間、私の中で何かが爆《は》ぜ、意識が呑まれるように、光の中へと掻《か》き消えた。

◇◆◇

――『彼女』の長い紫紺《しこん》の髪が、光を含み、毛先から徐々に暁《あかつき》へと染まる。

騎士の身体を支えながら起き上がった『彼女』の瞳には、明け方の空の色が覗いていた。

休眠していたはずの魔力の源《みなもと》が膨れ上がり、『彼女』の全てを支配していく。

それに呼応するように、左の腕に白き宝腕が現れ、右の腕には、闇色から紅《くれない》へと変じた宝腕が現れた。

白き宝腕が発する光と、紅《くれない》の宝腕が発する光が周囲を照らしていく。

溶けた光は暁《あかつき》となり、敵の全てを薙《な》ぎ払った。

『彼女』は魔女の生き残り。

かつて国を創りたもうた、古き『魔女』の生き残り。

眠りについていた血に刻まれた力は、来たるべき刻《とき》に、束の間姿を見せるのみ。

そして辺りには、全てを覆《おお》う静寂があるばかり――

第四章　勘違い魔女は討伐騎士に愛される。

崩れ落ちたヴァルフェンの身体を見た後、意識が消えた。

最後に聞いたのは——遠くから響く、いくつもの蹄《ひづめ》の音だった。

ヴァルフェンと、私の名が呼ばれたのだけは覚えている。


朧《おぼろ》げな意識の中に、聞き慣れた、そして、聞きたいと思っていた人の声が届く。

「エレニーっ⁉　エレニー！　おい、大丈夫か？」

彼の体温と匂いに包まれて、私は意識を覚醒《かくせい》させた。

「ヴァルフェ……っ！　あ、え……？」

目覚めた私の視界に映ったのは、驚くべき光景だった。

「ヴァルフェン、無事……なの？　それにダリアス？　貴方《あなた》、どうしてここに？」

私の目の前にいるのは、銀色の髪が血に濡《ぬ》れたヴァルフェンと、黄金色の髪をした筆頭貴族のダリアス。場所は元いた森だったが、なぜか彼ら二人が揃い、しかも普通の顔で私の傍にいる。辺りに獣の気配などは感じない。

ヴァルフェンはずっとそうしていたのか私を膝の上に抱えたまま、改めて抱き締める。

「よかった……なかなか目覚めないから、生きた心地がしなかったんだぞ」

「え、私よりもむしろ、貴方《あなた》が大丈夫なの？　傷……」

ぎゅうと苦しいくらい抱き締められた状況で問うと、頭上から笑い声が零《こぼ》された。見る限り元気そうだが、私が意識を失う直前の彼は重傷そのものだったはず。なぜこうなっているか本当にわけがわからない。

「エレニー、あんた自分の両腕を見てみろよ」

「両腕？　両腕が何……って、何これ」

言われた通りに自分の腕に目をやったところ、両腕に見覚えのあるものが嵌《は》まっていた。

左腕には、私の母の形見である腕輪。しまっていたはずなのに、いつの間に出てきたのだろう。

もちろんもう片方の右手には、既に嵌《は》まっていた封輪《ふうりん》がある。

——って、あら？　封輪《ふうりん》の色がなんだか変わってる？

まじまじと見ると、封輪《ふうりん》についている中央の石の色が、闇色から鮮《あざ》やかな紅《くれない》へと変わっていた。

それに考えてみれば、封輪《ふうりん》による酷い倦怠感《けんたいかん》もない。

これは、一体どうなっているんだろう？

理由がわからなくてヴァルフェンの顔を見上げたところ、彼は蒼《あお》い目を嬉しそうに、そして優しく細めていた。

「……こんな細腕で、俺を守ってくれたんだな、あんたは」

「守ってって……」

やっぱりわけがわからなくて、今度は傍で膝をついていたダリアスを見る。すると、彼は美しい顔で微笑みながら、自分の背後を目で示した。

「ロータス……？」

視線の先には、宵《よい》の騎士でありダリアスに仕える黒い髪の青年が佇《たたず》んでいる。

「ダリアスがロータスを俺たちに付けていたんだよ。それで、危なくなったのを見て、応援を呼んでくれたんだ」

ヴァルフェンが説明をしてくれる。

「応援って……やっぱりわからないわ。てっきり駄目だと思ってたのに」

そう首を傾げる私に、ヴァルフェンとダリアスの二人が、目を見合わせてにこりと笑う。

「全て、あんたの両腕にある遺物が原因だよ」

「遺物……？」

遺物とは、この腕輪と封輪《ふうりん》のことだろうか。

まさか、と彼らを見上げると、正解だと言わんばかりに頷いた。

「嘘……」

改めてまじまじと、自分の腕についている腕輪を眺める。

そこで気が付いたのは母の形見の変化だった。ただの腕輪でしかなかったはずなのに、今は見てわかるほどの魔力を纏《まと》っている。それは淡く銀の光を放っており、かつて故郷で聞いた遺物『守護の宝腕』の特徴と合致していた。また変化後の封輪は『破滅の宝腕』と酷似している。

「私が応援を呼びに出てしばらくして、貴女方《あなた》のいる方向から光が見えました。すぐに戻りましたところ、貴女《あなた》の腕に光が収束し、夥《おびただ》しい数の獣たちは消え去っていました。恐らく貴女《あなた》の腕にあるものの力でしょう」

ダリアスの後ろに控えていたロータスが、私の腕にある宝腕を見ながら語ってくれた。

「え、えええ……」

信じられなくて、ロータスの顔と腕輪を交互に見比べる。しかし、彼が冗談を言うようには見えないので、きっと本当なのだろう。

それでも、やはりにわかには信じがたかった。

が、宝腕のことよりも気になることがある。私はヴァルフェンの服をがっと掴み、彼女について尋ねた。

「シグリーズは⁉　彼女はどうなったの⁉」

「おいおい、さっきまで気絶してたんだから、そう興奮するなよ。あの婆《ばあ》さんなら無事だ。ついでに言えば、暁《あかつき》の炎も開けられてはいない。あんたが守ってくれてたからな」

ヴァルフェンはそう言いつつ、私達とは少し離れた場所にある彼女の住処《すみか》の小屋を指差した。

小屋の前で、シグリーズは呆《ほう》けたように地面に膝をつきへたり込んでいる。

え――――？

先程とのあまりの違いに驚愕《きょうがく》で目を開いた私は、彼女の瞳から止めどなく涙が零《こぼ》れているのに気が付いた。

「シグリーズ……？」

「――亡くなったと思っていた彼女の娘、ジャリスが生きていたんですよ。それを聞いた途端、ああなってしまったんです」

ダリアスが、ふうと溜息を吐きながら教えてくれる。

「彼女の娘が？　一体今までどこに――」

「東国の現王妃ですよ、エレニー嬢。つまり『幻《まぼろし》の四人目の生き残り』というわけです」

「え」

「東国の現王妃の名は、ジャリス＝エルファトラム。シグリーズ＝ティリカの娘、ジャリス＝ティリカです」

「えええええええっ⁉」

次々と明かされる真実に、正直思考が追いつかないが、シグリーズがひたすら娘の名を呟いていることから見るに本当なのだろう。私も東国の王妃が魔女の血を引いているかもしれないという噂《うわさ》は耳にしていたが、まさかそれが、シグリーズの亡くなったと思われていた娘であったとは。

私もシグリーズも、集落が焼かれてすぐにこの地へ流れたので、知らなかったのも無理もないかもしれないが、シグリーズの行いを考えれば皮肉な話に思える。

彼女は自《みずか》らの娘と家族を、殺《あや》めてしまうところだったのだから。

「な、なんだかまだ色々整理がついていないけれど……とりあえず、これで終わったのかしら……」

「まあ、一応はな」

ヴァルフェンが、私を抱き締める腕に少し力を込めて同意する。しっかりと抱いてくるあたり、彼の身体も大丈夫らしい。そのことに安堵して息を吐けば、急速な疲労感が身体を襲った。

「疲れただろ。あんたはもう休め。後は俺達がやっておくから」

ヴァルフェンの声を聞き、全てが終わったのだと悟った瞬間、ほっとして肩の力が抜ける。

温かい腕の中で落ちていく意識の中、私は、何よりも愛しい騎士が無事だったことに歓喜を感じていた。

◇◆◇

「暁《あかつき》の炎を、ダイサート子爵が？」

私の問いかけに、ダリアスが困った顔で金の眉を下げる。

「ええ、そうです。シグリーズから譲り受けたのだとか。しかも一度王都ゼーリナへ持ち込んだそうなのですが、何者かに奪《うば》われたようで今はどこにあるのか行方《ゆくえ》が知れません」

ある程度の事後処理が終わり、私達は再び、ダリアスの別邸を訪れていた。

私が疲労困憊《ひろうこんぱい》だったせいもあるが、ヴァルフェンの傷を癒《い》やすためという理由もあり、ダリアスが滞在するように言ってくれたのだ。

しかしそこで明かされた話は、全てが終わったと思っていた私の意識を根底から覆《くつがえ》すものだった。

「シグリーズは暁《あかつき》の炎の壺を三つ用意していたそうです。その内の一つは彼女が持っていたもので、もう一つは厄介《やっかい》なことに南国ドルテアへ売り払われています。そして残りの一つが彼女をひっそり援助していたダイサート子爵に。彼はシグリーズから、それを使用すれば王都で薬剤が不足する状態を引き起こせると言われたそうです。だから彼は自分の領地で使うという口実で薬を多く仕入れた。その時に高値で売買するために。……暁《あかつき》の炎については中程度の疫毒だと聞かされていたようですが、どちらにしろダイサート子爵は、陰では色々な悪事に手を染めていました」

「そうだったの……」

ダリアスの書斎で、私とヴァルフェンは彼が用意した証拠の資料を前に、私が追われる発端《ほったん》となった人物の話を聞いていた。恐らく、彼はシグリーズだけではなく私にも薬を作らせて利用するつもりだったのだろう。

キルシュの父であり、私が住んでいた場所の領主であったダイサート子爵。

領地内では人望ある人物だと言われていたけれど、ダリアスが調べたところ、結構な数の悪事が露見したようである。

「ダイサート子爵自体は逃亡中ですが、ダイサート子爵家には今後、貴族位審判会からの審議が入ります。恐らく取り潰しとなるでしょうね」

「そう……」

ダリアスの言葉に、一瞬キルシュの細長い顔が浮かんだ。五年の付き合いになる青年は、歪《ゆが》んだ父親のもとで育った故《ゆえ》に、道を踏み外してしまった。家の名がなくなったことで、彼がどんな道を辿るかはわからないが、出来るならば光の道を歩ける人間になってほしい。

「家名や位なんてない方が、人間気楽に生きていけると思うけどな」

ヴァルフェンが、私の隣で肩を竦《すく》めながらそう言った。彼も彼なりに思うところがあったのを知っているので、私は頷く。

「まあ、それは私も同感だね。本当に、公爵なんて辞めてヴァルみたいに生きてみたいよ」

「ダリアス、それは嫌味か」

ダリアスの軽口に、ヴァルフェンが眉間に皺《しわ》を寄せつつ言い返す。歯に衣着せぬ物言いの二人に、自然と笑みが零《こぼ》れた。

「っと、ここからは少し面倒な話なんだが……エレニー嬢、これはイゼルマール筆頭貴族である私、ダリアス＝プロシュベールからの正式な嘆願です。急で申し訳ないのですが明日、王都ゼーリナへ赴《おもむ》き、イゼルマール王へ謁見《えっけん》してください」

「……え？」

突如告げられた台詞《せりふ》に驚いて、つい間抜けな声を漏《も》らしてしまった。

イゼルマール王のもとへ？　私が……？

すると、ヴァルフェンが忌々《いまいま》しそうに鼻を鳴らした。

「おい、ダリアス。お前、エレニーを交渉材料にするつもりか」

「仕方ないだろう？　暁《あかつき》の炎の件を隠しているわけにもいかないし、彼女の宝腕についても、黙っていれば反逆罪だ。なんせ伝説の『守護の宝腕』と『破滅の宝腕』だからね。それに今後下手に手を出させないためには、エレニー嬢が暁《あかつき》の魔女の魔力を受け継ぐ存在であることを印象づける必要がある。何しろ宝腕は、彼女の手にあるんだから」

そう言って、ダリアスは私の腕に嵌《は》まっている二つの宝腕へと目を向けた。

ロータス曰《いわ》く、シグリーズが誘引剤《ゆういんざい》でおびき寄せた獣達は、私の腕に宝腕が出現したと思われる次の瞬間に消え去ってしまっていたらしい。恐らく破滅の宝腕の力によるものである。

そして、これはヴァルフェン本人から聞かされた話だが、彼が目を開けた時、守護の宝腕から放たれた光によって、身体にある傷が癒《い》えていったそうだ。正直、私は全く覚えていないので、そう言われても頷くしかないのだが。

元々、宝腕自体が実在していると思っていなかったので、はっきり言えばあまり実感がない。

しかし、暁《あかつき》の炎が王都へと流れている以上、放置しておけるはずもないので、王との謁見《えっけん》は避けられないことなんだろう。

「……わかった。どうせ避けられないなら進んで行くわ。ヴァルフェン、貴方《あなた》ももちろん来てくれるでしょう？」

「当たり前だ。またここで別れるなんて言われたら、俺も何をするかわからんぞ」

予想通りの答えに頷いて、私達はダリアスへ、明日王都へ発《た》つことを告げた。

◇◆◇

破滅の宝腕は、その名の通り、望んだ全てのものを破滅……つまりこの世から消し去ってしまうことができるものだ。そしてその効力は、暁《あかつき》の炎という疫毒にも及ぶ。

イゼルマール王は私達に、暁《あかつき》の炎が発見された際、ただちに処理することを命じた。

まあ、当たり前と言えば当たり前の話である。

シグリーズが作り出した暁《あかつき》の炎は三つ。その内一つは彼女があの時持っていたもので、既に回収と処理が完了している。

なので残されているのはあと二つ。

一つはダイサート子爵によって王都ゼーリナへと持ち込まれ、行方《ゆくえ》知れずとなっている。

そして残り一つは、あのドルテアへと持ち込まれているというのだから難儀な話だ。精製者であるシグリーズ自身は、現在東国へと戻り現王妃の監視の下、管理房で暮らしている。彼女の話では、近くの村で売り払われた後、街を辿り市場から市場へ流れてしまったのだろうということだった。

復讐のためだったとはいえ、今はシグリーズ本人も後悔と自責の念に駆られ、暁《あかつき》の炎の解毒薬研究を日々行っているらしい。自分の孫の命もかかっているため、娘である王妃の助力を請いながら本腰を入れてくれているそうだ。

ちなみに、伝説の品という割には、宝腕はなかなか使い勝手のよい代物《しろもの》だった。何しろ私が魔力を流し込みさえすれば、私自身でなくとも破滅の宝腕を使用することが出来る。それというのも、最初の壺を処理する際、ヴァルフェンが自分がやると言って聞かなかったのだ。私が止めるのも聞かずに勝手に宝腕に触れて、破滅を叶えてしまったのだから、強引にもほどがある。

そして、その諸々をイゼルマール王へと報告し、勅命を賜《たまわ》ったのが、現在の私達の状況だった。

ダリアスの別邸より広く豪奢《ごうしゃ》な謁見《えっけん》会場には、イゼルマール王とその側近二人、私とヴァルフェンにダリアス、ロータスがいる。

人数が限られているのは、宝腕の悪用を防《ふせ》ぐためと、私の顔が多くの人々に割れてしまうのを防《ふせ》ぐための配慮だろう。

「東国の魔女、エレニー＝フォルクロス。そなたらに、暁《あかつき》の炎の根絶を命じる。同族の犯した過《あやま》ち故《ゆえ》、その始末は引き受けてもらおう。ただし、こちらもそれ以外について、そなたらへの干渉は今後しないことを誓おう」

「――勅命、謹《つつし》んで賜《たまわ》りました」

壇上の玉座に座る王を前に、私は頭《こうべ》を垂れながら静かに命令を受け入れた。

拒否する理由もなければ、放置したくもないからだ。自分の意思である。

私のすぐ後ろにいたヴァルフェンが、膝をついていた姿勢から立ち上がった。

……見るからに、何かを言い出しそうな雰囲気だ。

そんな彼を、私やダリアスは許しもらっていないのに顔を上げて見つめた。

「よし。これで話は終わったな。ああそうだ、王よ。エレニー＝フォルクロスの身柄は俺が引き受けるとこの場で言っておく。まあ、嫁にするんだが」

「……は？」

ヴァルフェンの宣言に、王は明らかに顔色を変え、この男は何を言っているのかとばかりに口をぽかんと開けた。そのせいでイゼルマール王が先程まで纏《まと》っていた荘厳な空気が、一気に霧散《むさん》する。

緊張感を思い切りぶちこわした彼の態度と言葉に、私は大いに焦った。

「ちょ、ちょっと⁉」

ヴァルフェンを止めようとしたが、後の祭りだ。

イゼルマール王は「嫁に、するのか？」と、相変わらず信じられないものを見るような目で彼を見ている。

どうして今言うのよ……！

怒りで震えている私に、ヴァルフェンが視線を向け楽しそうに笑う。

何が面白いのか、こちらは晒《さら》し者の気分だというのに。

銀色の髪をじっと見ながら内心文句を言い募《つの》っていたが、当人は意に介していない様子で堂々と私のことを指差した。

「いや、美人な嫁さんもらうの夢だったんだ。だから、この場で認めてくれ」

本当にもう、呆れるくらいの笑顔で、彼は私に近付きぐっと腰を掴んで引き寄せる。

有無を言わさぬその仕草に、私自身抵抗するのを忘れてしまう。

……そして気付いた。

彼の蒼《あお》い目は細められているが、脅《おど》しにも似た光を宿していることに。

……なんて顔、してるのよ。

内心呆れ返ったが、それを嬉しいと思ってしまう私も、なかなか狡《ずる》い。

しおらしく認可を求めておいて、彼は王を脅《おど》しているのだ。拒否された場合、彼がどういう行動に出るのかは私ですら想像がつかない。けれど多分、また突拍子もないことをやらかすのだろう。

まったくもってこの騎士は。

本来ならば、仕えるべき主《あるじ》であるはずなのに。

「自《みずか》らが守るべきものを変えたか。国よりも、一人の女を取るというか」

王が静かに問いかける。

王の目にもまた、ヴァルフェンに引けを取らぬ強い眼光が煌《きら》めいていた。

「別に、変えたつもりはないさ。俺は彼女を嫁にする。そしてこの国で、新しき民《たみ》となる子を作り、その子を守るために国を守る。剣《いのち》の捧げ先が変化しただけだ」

「イゼルマールという国を、愛しきものの付随物とするか」

「元々俺は、なりたくて騎士になったわけじゃないからな。家業を継いだに過ぎないが、今は自《みずか》ら進んで守りたいと思えるようになっただけだ。認めないというなら別に構わんよ。俺にも考えがある」

「……認めねば、国を捨てるつもりだろう。それほど愛着もないならば」

溜息を吐きながら、王が言う。

「他国に比べれば平和で、いい国だとは思ってるさ。あんたの手腕だろう。だけど俺にはさほど意味はなかった……今まではな」

ヴァルフェンの蒼《あお》い瞳が私に向けられ、彼が守りたいものがなんなのか、改めて理解させられた。

一国の王の前だというのに、羞恥《しゅうち》で頬が熱くなる。

「わかった。そなた達が共にいることに異論はない。しかし……万一にも、その疫病《えきびょう》が国に蔓延《はびこ》ろうものならば、花嫁の身の上は人々にとって畏怖《いふ》の対象となろう。書面上では正式な妻として認可出来るが、周囲へは秘さねばならん」

王は深い色の瞳に、ほんの僅《わず》かの憐憫《れんびん》を見せた。

私は頭《こうべ》を垂れ、彼の心遣いに感謝する。

「元より形式にはこだわっておりません。同族がしでかしたことであることも事実です。……ご温情に、感謝いたします」

イゼルマール王との謁見《えっけん》後、私達はダリアスと共に王城を後にした。

途中、ヴァルフェンの生家であるレグナガルド家へと向かう馬車の中で、ダリアスから「ヴァルがいなければ、私が貴女《あなた》を妻にしたかった」とからかわれ、それにヴァルフェンが唸《うな》り声でもって返事をしていた。

なんだかんだ仲のいい二人の姿を見ながら、私は一連の出来事が収束したのを感じていた。

「……貴方《あなた》って、本当に騎士で男爵だったのね」

「今更にもほどがないか、それ……」

彼の屋敷に到着してから、私が思わず呟いた言葉にヴァルフェンがげんなりと答えた。

だって仕方がないではないか。まさか自分が貴族の屋敷に住むことになろうとは、夢にも思っていなかったのだから。

屋敷に到着すると同時にダリアスと別れた私達は、レグナガルド邸の玄関ホールで屋敷の使用人達に出迎えられていた。

その数ざっと十数人。メイドのお仕着せを着た女性達と、執事らしき人の他、料理人や庭師だろう繋ぎの作業着を着た男性までが勢揃いで、ヴァルフェンの帰りを喜んでいた。

主《あるじ》と使用人というより……家族なのかしら。

穏やかな笑みを浮かべる人々に囲まれたヴァルフェンに、そんな感想を抱く。彼が屋敷の人々に好かれていることは、周りを取り囲む人達の顔を見ればすぐにわかった。

ここが、ヴァルフェンの育った場所。

今更だけど、本当に貴族なのだなと思う。

「ほら、キョロキョロしてないで、皆に紹介するからこっちに来いよ」

「え、ええ……」

屋敷の人々に囲まれたヴァルフェンが私に向かって手招きをしたので、少し緊張しながら応じた。

つい先程イゼルマール王との謁見《えっけん》を経験したというのに、それ以上に身体が硬くなってしまうのは、どうしてだろう。

ヴァルフェンが大切にし、大切にされている場所にいる人々。

彼らにどんな風に見られるのかと、心は不安と焦りで一杯だった。

「そんなに緊張せずとも大丈夫ですよ」

私の心境を読んだように、ヴァルフェンのすぐ右隣にいた庭師らしき作業着の男性が、柔和な笑顔でそう諭《さと》してくれる。顎《あご》に白い髭《ひげ》を生やしている壮年の彼は、アルフォンスと名乗った。

それにならってか、他の人々も「ほらほら、肩の力を抜いて」と私のことをなだめてくれる。

温かい人々に囲まれるのは久方ぶりで、私の胸の奥にほんのりとした癒《い》やしの灯火と、泣きたい気持ちが湧き上がった。

同時に、かつてダリアスから聞かされたヴァルフェンの過去——その辛い日々の支えが彼らだったのだろうとわかって嬉しくなり、目に涙が浮かんだ。

「あらあら。気が抜けてしまったのでしょうね。さあ、ゆっくりと湯に浸《つ》かって、今夜は身体を休めてくださいな」

お仕着せを着た女性達の中で一番年配の人が、ふくよかな顔で優しく笑って言った。

「ダリアス殿よりあらかたのお話は伺っておりますので、ご安心ください」

促《うなが》されるままに女性へついていこうとしたが、なぜかヴァルフェンに腕を掴まれた。彼はぐるりと周囲の人々を見回す。

「ああ、エレニーの世話は俺がするからいい。妻の世話は、夫の役目だからな」

それを聞いた使用人の面々から、「おや」だとか、「まあ」だとか、驚きよりも喜びが滲《にじ》んだ声が上がる。

私はそれを聞きながら、羞恥《しゅうち》でわなわなと身体を震わせていた。

「な、何を堂々と言ってるのよ……っ！」

小声で責めれば、なんだ？　という顔で返される。

「どうした？　さっき王からも認めてもらっただろう」

「それは、そうだけど……っ」

いいや、そういう問題ではない。問題があるとすれば場所と、今それを聞かせた人達だ。突然やってきた女が主《あるじ》の妻になるなど、驚くどころか憤慨《ふんがい》されてもおかしくないのではなかろうか。

……と、そう思っていたのだが。

「まあ、そうでしょうねぇ。何しろヴァルフェン様が屋敷に女性をお連れになったのは、これが初めてですもの」

「……え」

彼らの反応は、意外なものだった。

「おい、わざわざバラす必要はないだろ」

使用人の一人が口にした言葉に、ヴァルフェンが文句めいた声を零《こぼ》す。それにくすくすと笑い声を上げげつつ、彼らは「では、私達は野暮《やぼ》にならないよう控えておきます」と持ち場へ戻っていった。

私はその光景を見ながら、好意的に迎えられたことへの驚きと、さっき聞いたことへの二重の驚きで、あんぐりと口を開けたまま固まっていた。


一緒に入ろうとかいうヴァルフェンの戯言《ざれごと》を聞き流し、湯浴みを済ませた私は、いつの間にか用意されていた夜着に着替えた後、あることに気が付いた。

――ヴァルフェンが、私を妻にすると言ったこと。そして、ある意味今日は初夜だということを。

現在の私は、レグナガルド邸内のヴァルフェンの部屋で、寝台に腰かけている。

湯船は彼の部屋に付いているものを使わせてもらったので、今は交代でヴァルフェンが入っていた。私は貴族の邸宅の造りについては詳しくないが、部屋の中にもう一つ扉があるあたり、続きになっている部屋があるのだろう。

……私は、今日どこで眠るのか。今更な話ではあるが……なんというか、実感がなかったせいで忘れていた。

妻になるということは、彼と出会った頃に入った宿のように、夫婦で共寝《ともね》をするということになるのだと思う。

でも、その先については、この年齢になるまで経験していないので、予想もしていなかったのが本音だ。

もちろん私に異論はない、ないが……一体どうするべきかと、途方に暮れている。

「悪い、待ったか？」

「い、いいえ、そんなには……っ」

いつの間に出てきていたのか、私の傍に、ヴァルフェンが濡《ぬ》れた髪のままで立っていた。

これまでなら髪くらいちゃんと拭いてから出てきなさいよ、と言えたはずが、今日に限って言葉が喉の奥に引っ込んでいく。

「あれ、あの扉が何かわかるか？」

そんな私の心情をわかっているのかいないのか、ヴァルフェンは薄めのシャツに紺のズボン姿で、目ですっと部屋の奥にある扉を示した。

「ど、どこかの部屋に繋がってるの？」

そう口にすれば、ヴァルフェンは妙に色気を纏《まと》った顔で、ふっと薄く微笑んだ。

「あの扉を開ければ、夫婦の寝室だ」

「しん……？　っきゃあ!?」

繰り返そうとした声が、途中で驚きの悲鳴に変わる。

ヴァルフェンの胸に抱きかかえられた私は、抵抗する間もなく隣の寝室へと連れ込まれた。

「ちょ、ちょっと……っ」

「エレニー」

しかも寝台の上にそっと寝かされて、上から覆《おお》い被さられ顔を覗き込まれる。

吐息が鼻を掠《かす》める距離に、心臓が早鐘みたいに鳴り響く。

「言っただろ？　一目見た時には、もう惚れてたんだ。……これ以上、我慢させないでくれ」

なのに、ヴァルフェンはまた鼓動を高鳴らせるようなことを言う。

初対面で言われたことなど本気に出来るわけがない、と返すと、酷い魔女だなと艶《つや》のある声音で囁《ささや》かれた。

「そんなの、わからないわよ……」

熱くなっていく顔を見られるのが恥ずかしくて、俯《うつむ》いて反論する。すると突然、ヴァルフェンががくり、と私の胸元に頭を落とす。

急に胸の上が重たくなって、しかも額《ひたい》が胸の谷間に当てられて、驚きと羞恥《しゅうち》で固まってしまった。

「あああああの、ちょっと……っ」

上擦った声で、顔を上げてくれと言おうとした時。

ヴァルフェンがばっと蒼《あお》い目を上げ、困っているのか怒っているのかわからない顔をきっと向けてきた。

「あんたは……っ！　見た目と中身の違いがありすぎだろうっ」

「は？　違い？」

言われた意味が理解出来なくて、首を傾げる。当のヴァルフェンは口元に片手を当てて、眉を顰《ひそ》め変な顔をしていた。

「普段は澄まして余裕ぶる癖に……っこういう時にはそんな真っ赤な顔して恥ずかしがるなんて、反則だ！」

いや、いつも余裕ぶってるのはそっちでしょ、と反論しようとしたけれど、次の瞬間、温かいものに唇を塞がれたせいで出来なかった。

「んぅっ……」

「……はっ……その顔だ……っ……」

その顔と言われても。

こんな状況で自分がどんな顔をしているかなど、わかるはずもない。

そう思ってすぐ、ぱっと身体を離されて、ヴァルフェンの蒼《あお》い目が私をじっと見つめた。

私も彼の目を見つめ返して――そして気付く。

彼の蒼《あお》い瞳に、高揚した自分の顔が映っていることに。

「～～～っ」

「見えたか？」

嬉しそうに、楽しそうに、ヴァルフェンが揶揄《やゆ》してくる。

彼が言いたかった私の顔とは、熱と情に侵《おか》された表情のことだったらしい。

「……誰のせいよ」

指摘されたことにつんと澄ましてみせると、ヴァルフェンは喉奥でくつくつと笑い声を立てた。

わざわざ自分の瞳を使ってまで見せるなんて、趣味が悪いにもほどがある。

まあ……私を相手に選んでいる時点で、もとよりよくはないが。

「俺のせいだと言ってくれるなら、これほど嬉しいものはないな」

歓喜を滲《にじ》ませた声でそう言った後、ヴァルフェンは再び、食らいつくみたいな口づけを私に落とした。

その瞬間、いつか宿屋に泊まった日も同じことをされたのを思い出す。今の口づけはあの時されたものより、ずっと優しく、ずっと甘さを含んでいたけれど。

初めから求められていたのか、と嬉しさと擽《くすぐ》ったさを覚え、小さく笑いを零《こぼ》す。すると、ヴァルフェンが縫い止めるように私の手首を押さえ、そのまま激しい口づけの雨を降らせた。

普段の姿からは想像も出来ない色気の漂《ただよ》う表情を目の前にして、私は自分の身体が熱を帯びていくのを感じていた。

蒼《あお》い瞳が、口づけながらこちらの様子を窺《うかが》ってくる。その目にある強い熱情が、背筋をぞくりと粟立《あわだ》たせた。

未知なる行為への恐怖が少しだけ生まれる。ぎゅっと身体に力が入った時、ヴァルフェンが愛撫《あいぶ》を止め、乱れた息を整えながらじっと私を見下ろした。

蒼《あお》い目は見開かれていて、彼の驚きが私にも伝わる。

どうやら気付かれたらしい。ちょっと悔しいが、嬉しくもあった。

「その、エレニー……？　あんた、もしかして……」

驚いた顔を見せるヴァルフェンに、私はくすりと笑う。

確かに私の年齢からすれば、そう考えなかったのも無理はない。けれど、私は違っていた。

故郷を離れた十六の頃も、特に想う人はおらず、気が付けばそのままの状態でここまで過ごした。イゼルマールに来てからは、ずっと独りで過ごしていたのだし、誰かと肌を重ねたことなどあろうはずもない。

「初めてよ。だから、なるべく優しくね？」

「っ……」

上目遣いで告げると、ヴァルフェンがぴしりと凍り付き、ゴクリと喉を鳴らすのがわかった。それから片手をがっと額《ひたい》に当てたかと思えば、髪を前から後ろに掻《か》き乱していく。どこか可愛らしいとさえ思える仕草に、心が綻《ほころ》んだ。

「反則にも、ほどがあるだろう……っ！」

呆れたような、しかし歓喜に溢れたような声で言って、彼が微笑む。

異性との関わりが全くなかったというわけでもないし、故郷にいた頃はただ色恋に興味がなかっただけだった。

けれど、今考えると、それは全て彼に捧げるための道程だったのではと思うのだから不思議だ。

なるべく優しくと頼んだのは、多少なら無理をされても構わないからだった。

傷がつこうが痛みがあろうが、彼に与えられるものならなんでもいい。そう考えるほど、私はこの銀色の騎士に溺れてしまった。

ああもう、とかなんとか悶《もだ》えているヴァルフェンの前で笑っていたら、ふいに真顔になった彼の顔が近づき、耳元で低く囁《ささや》かれた。

「……あんたが好きだ。これ以上、ないほどに」

声音に含まれた優しさと甘さに、酷く幸せな気持ちが湧き上がる。完熟した果実で作られた美酒を口にした時みたいな感覚が、胸の内を震わせた。

知ってるわ、と内心で答えながら彼に身体を委《ゆだ》ねれば、大きな手が肩口に優しく触れる。まるで儚《はかな》い硝子《ガラス》細工を扱う時のように、無骨な手が纏《まと》う衣を落としていく。晒《さら》された肌に触れられる度《たび》、愛しいという気持ちが流れ込んでくる気がして、私はぎゅっと彼の大きな体躯に抱きついた。

「今まで散々な扱いをしてきた癖に、こんな時だけ優しいなんて、狡《ずる》いわ」

そう言うと、くすりと小さな笑い声が聞こえた。

「……まあ、出会いが出会いだったからな」

大きな手が私を抱き返し、首元に唇を滑らせていく。肌に直接呼気を感じて、既に露《あら》わになっていた胸が震えた。

——出会った瞬間、首へ剣を突き付けられた。

かと思えば、荷物さながら担《かつ》がれて、逃亡させられる羽目になった。

今考えれば、なんて酷い出会い方だったのだろう。

故郷から逃げ、移り住んだ地からも逃げ、辿り着く先がこの胸になるなど、あの頃の自分に想像出来るはずもなかった。けれど、穏やかな独りを好んでいたあの頃に戻りたいかと問われれば、否と答えるだろう。

「でも俺は、出会うべくして出会ったと思うけどな」

「出会うべくして……？」

「ああ」

彼も出会った頃を思い出しているのか、目を細め、吐息と唇で私の肌を撫《な》でていく。身体の線を辿るように触れる唇が、甘い感覚をもたらした。

速くなっていく鼓動と呼吸を繰り返しながら、ぼんやりと輝く銀色の髪を見つめていると、ヴァルフェンがバサリと自分の上衣を脱ぎ捨てる。彼の身体は、纏《まと》っていたものを取り払うと研ぎ澄まされた刃《やいば》みたいに端整に見えた。

「あんたは……綺麗だな。初めて見た時も思ったが、滑《なめ》らかで、綺麗で、触れれば壊れそうで……恐いくらいだ」

ヴァルフェンが逞《たくま》しい腕で再び私の身体をぎゅうと抱き締め、今度は互いの肌を確かめるように寄り添わせる。

それから胸元にそっと手を伸ばし、双丘の片方をやわやわと優しい手つきで揉《も》んだ。

「どこもかしこも吸い付くような肌だ……ずっと、触れたいと思ってた」

甘い吐息と共に囁《ささや》かれ、指の腹で胸の頂《いただき》を転がされ、私の身体を艶《なま》めかしい甘さが突き抜ける。

「んぅ……っ」

「俺の、だ……あんたは、もう、俺の……花嫁だ」

ヴァルフェンの声が胸の先端を掠《かす》め、それから唇できゅうとそこを啄《ついば》んだ。

「ひゃっ……」

衝撃に跳ねた腰を、がっしりとした手が逃さないと押さえ込む。

彼の息がかかる度《たび》に、下腹部の奥底に今まで知らなかった熱と潤《うる》みを感じていた。

ちゅ、ちゅ、ちゅ、と数えきれぬほど身体中に口づけられ、高まる鼓動と上がった息で溺れそうになった頃、するりと下がったヴァルフェンの銀髪が、次第に下腹へ下りていくのが見える。下肢の間に伸ばされた太い腕が、閉じた脚を開きながら内腿の柔い部分を撫《な》でていく。

「んん……っ」

身を捩《よじ》って弱い抵抗を試《こころ》みるけれど、彼の指先は呆気なく付け根まで進み、潤《うるお》っていた部分へ触れた。

「ひぁ……ぁ」

つぷり、と蜜が滴《したた》るそこへ指先を差し入れられる。意外にも、痛みはなかった。痛みを感じないほどに潤《うるお》っていたからだろう。恥ずかしさで、かっと顔が燃え上がる。

自分の中を他者が触れているということが、どうしようもなく淫《みだ》らな感情を胸に湧かせた。

「……白状するとな、初めてあんたを目にしたあの時に、どうしようもなく欲しいと思ったんだ。俺自身、自分の頭がおかしくなったのかと驚いたな」

ヴァルフェンは嬉しそうに囁《ささや》いてから、銀色の頭を、私の身体の中心へと寄せる。

「んっ！　は、ぁうっ……だめえっ」

両の掌《てのひら》で彼の頭を掴んで制止しようとしたけれど、抵抗も虚《むな》しく身体の奥へとぬるいついた塊《かたまり》を差し入れられた。それが舌だとわかった時には、もう頭の中は熟《う》れた果実が潰れたようにぐちゃぐちゃで、唇からは嬌声《きょうせい》しか出なくなった。

「やぁ……っあ、あ、あぁ、ヴァル、フェ……っ」

漏《も》れ出る声と共に名前を呼べば、ばっと顔を上げた彼が蒼《あお》い瞳を獣みたいに煌《きら》めかせ、片手で口元を拭《ぬぐ》い、私の耳朶《じだ》へと唇を這《は》わせた。

「もう、いいか……？　俺の方が、もちそうにない」

懇願《こんがん》めいた切ない声で強請《ねだ》られ、わけもわからず頷く。簡単な知識はあれど、正直最後まで知っているわけではなかった。

だけどヴァルフェンが相手なら、なんでも構わないと本当に心の底から思ったのだ。

私は彼の逞《たくま》しい背中に手を回してしがみつく。望みのままにしてほしいという思いを込めて、しっかりと彼の広い背中へ指先を這《は》わせた。

「……っ本当に……っ可愛すぎるだろ……っ！」

もう堪《たま》らない、とでも言いたげなヴァルフェンの声が響き、私の中に彼の熱が入り込んでくるのを感じた。灼《や》けた鋼《はがね》の杭《くい》を打ち込まれているような感覚に、束の間呼吸が止まる。

けれど苦しさ以上に、短い呼吸の中、私の名を呼ぶヴァルフェンの声が胸に大きく響いていた。

「好き……だ、本当に……っ！　あの、出会った瞬間から……っ」

ゆっくりと進んでいた熱が、次第に速さを増す。それに併《あわ》せて、ヴァルフェンが私に謝罪の言葉を漏《も》らしたのが聞こえた。

甘く痺《しび》れた意識の下、自分がなんと答えたのかわからなかったが、微笑んだのだけは覚えている。

すると、ぎゅうと強く抱き締められて、そして彼が想いを告げる言葉を繰り返すと共に、中にあった熱が弾け、私の意識も白い景色の中へと溶け込み、弾けた――

◇◆◇

夜明けの気配に、瞼《まぶた》を開ける。

目に突き刺さる光に日が高いことを知り、呆れの溜息を吐いた。

……ちょっと。これ、もう昼じゃない。

窓から覗く太陽の位置は真上に近い。外からは、行き交う人々の穏やかな声が響いている。

完全に、寝すぎだ。

隣ですやすやと眠る銀色の男を胡乱《うろん》な目で眺め、そうっと手を彼の顔へ持っていく。

「痛《いた》っ」

腹立たしさと呆れで彼の鼻を強めに抓《つね》ったら、なかなかいい反応が返ってきたのでほくそ笑んだ。

少しだけ仕返しが出来て嬉しくなる。

「起きて。もうお昼よ」

やや棘《とげ》のある声で言うと、寝ぼけた声と一緒に軽い吐息が吐き出された。

「あ、ああ。できれば、もっと甘い起こし方がよかった……」

蒼《あお》い双眸《そうぼう》を開いたヴァルフェンが不服げに答える。

まあ、誰だって鼻を抓《つま》んで起こされれば不機嫌にもなるだろう。

でも、これで許してあげるのだから安いくらいだ。

だって私は……昨夜の諸々のせいで、腕くらいしか自由がきかないのだから。

「初心者に散々な真似をしておいて、言うことはそれだけ?」

僅《わず》かに非難を込めた声で問うと、ヴァルフェンはさっと目を逸らし、気まずそうな表情を浮かべて項垂《うなだ》れた。

一応は、やりすぎたことを自覚しているらしい。

「すまん……その、嬉しすぎて、つい……」

大きな体躯に似合わぬ素直な反応に、ぐっと胸が詰まり頬が熱くなる。

こういうのは、狡《ずる》い。そんな風に喜びを滲《にじ》ませた顔と声で言われたら、これ以上責められないではないか。

「狡《ずる》い人」

気恥ずかしくて、そっぽを向いてそう呟くと、彼が首を傾げた気配がした。

「どういう意味だ？」

「……なんでもないわ」

全くわかっていないだろう銀色の髪の男を前に、ふうと肩で息を吐いた私は、自分の負けを認めた。

嬉しかったのは私とて同じだ。

生まれてこの方、他者に触れられて喜びを覚えたことなどなかったのに。

ヴァルフェンだけは、いくら触れても触れられても足りないとすら思ってしまう。

少し前までの私は、平穏な日々を好み、変化など求めていなかったのに。

まさか、自分を討伐しにきた騎士に心惹《ひ》かれ、通じ合うことになるなんて。

「こういう変化なら、いいかもね……」

ぽつりと呟いた私の言葉の意味を、ヴァルフェンが理解したかどうかはわからなかったけれど、彼は私の顔を覗き込みながら、今まで見た中で一番嬉しそうな笑顔を見せた。

「生きてれば、面白いことが起きるもんだ」

そして、そんなことを言った。

「……そうね」

東国へと戻った、同族の女性――シグリーズを思う。彼女は今、どれほどの後悔しつつ解毒薬の精製をしているのだろうか。

禁忌の調合書は私達が処理したため、最早この世にはないが、もしかすると彼女の他にもあれを作ろうとした人はいたかもしれない。それこそ、私だって巡り合わせによっては同じことをしていてもおかしくはなかった。人は、出会う人によって選択肢が増えていく。その上で、どの道を選び取るかは本人の選択なのだ。どれを取るかは誰もわからない。私もこの先はどうなるかわからないけれどなるべく、正しい道を歩きたいと思う。

銀色の、騎士と共に。

「暁《あかつき》の炎の探索。俺は、一人で行くぞ」

ヴァルフェンが厚い胸に私を引き寄せ、決意を込めた声で言った。

なんとなく予想はしていたけれど、実際に口にされると結構な衝撃だ。

そう言うと思っていた。だって、貴方《あなた》は騎士だもの。

各地に存在するかもしれない疫病《えきびょう》の元を、そのままにはしておけないでしょう。

「私も――」

行くから、と伝えようとしたところで、ふわりと笑った彼の指がそれを止めた。

なぜ、と視線で問うと、彼は柔らかい笑みのまま睫《まつげ》を伏せ、指先を引いて私の下腹部を掌《てのひら》で撫《な》でる。

あ――

途端、彼の意図を理解した。

「ここに、息子か娘か……どちらかはわからないが、宿っているかもしれないからな」

愛おしそうに、慈《いつく》しむように腹を撫《な》でてくる大きな手。

私はその感触を噛みしめながら、自分は酷く甘い奸計《かんけい》に嵌《は》まったのだと確信した。

「だから……？　私を連れていかないために……」

大切にされていることへの幸福感と、置いていかれる事実への寂しさに、自然と目尻に涙が浮かんだ。

この男は最初からそうだ。

私をなんとしてでも守ってくれる。時には、その身を盾としてまで。

「共に在りたいと、死ぬほど願ってるさ。けど産まれる子には、なるべく穏やかな日々を贈りたいからな」

銀色の髪をした騎士はそう言って、自分の片割れとなった私を置いていくことを詫びたのだった。

――この日。

破滅の宝腕を持ち旅に出る騎士と、守護の宝腕を持ち屋敷に残る私達の道が決まった。イゼルマール王も、暁《あかつき》の炎の処理について問題がないのなら、ヴァルフェンが赴《おもむ》くことについて異論はないと頷いたのだ。その代わり疫毒が放たれた場合は速やかに、二つの宝腕の能力を合わせて対処することで結論とした。

◇◆◇

イゼルマール王との謁見《えっけん》から数日後。

私がレグナガルド家に馴染《なじ》んだのを見計らったように、ヴァルフェンの旅立ちの日が決まった。

これまでの猶予《ゆうよ》は恐らく王からの気遣いだろう。

私は自《みずか》らの名も刻まれたことがある王命書を手に、ヴァルフェンと二人、短い蜜月《みつげつ》を過ごした寝台の上にいた。

「――なあ、そういえば、屋敷ではどういう肩書きにしておくつもりだ?」

ヴァルフェンが、私の胸に顔を埋《うず》めながら呟く。

彼がこんなことを聞いてきたのは、イゼルマール王から私を表向きには妻として置いておけないと言われたためだろう。

私が東国の魔女の生き残りである以上、もしも暁《あかつき》の炎が世に出てしまった場合、私は二つの宝腕を持って対応に当たることになる。そうすれば、レグナガルド家が魔女に関係している一族だと露見してしまうから、なるべく顔が知れない方がよいのだ。

今後産まれる子にも母と名乗れず寂しい思いをさせることにはなるが、それも瘴毒を全て消し去れば、いつかは告げられる時も来るはず。

ヴァルフェンも私も、その時は必ず来ると確信していた。

「……そうね。メイドなんてどうかしら」

思いついた案を口にしたところ、ヴァルフェンはにやりと笑いながら、私の胸元から顔を上げた。楽しそうな顔をしているあたり、彼も私の考えに賛同のようだ。

ふと以前助けてもらった森の女神が如《ごと》き令嬢に、いずれ産まれてくる子の師となってほしいと言われたことを思い出す。

そういった、日々隣で過ごし、助言が出来る立場を目指すならば、メイドとなるのが一番手っ取り早いのではないかと思った。元よりあまり役職などにはこだわっていない。

妻という肩書きより、ヴァルフェンと共に生きる者であるという事実の方が大切だと思える私にとっては、傍にいられる理由だけが必要なのだ。

「いいな、それ。ちょっと呼んでみてくれないか」

そんな私の意図を理解しているのか、ヴァルフェンがそう言った。

「なんて？」

聞き返すと、うーんと唸《うな》った後、真面目な顔を向けてくる。

「ご主人様、とか？」

「張り倒すわよ。似合わないにもほどがあるわ。それに……」

した。

「それに？」

「貴方《あなた》は私の『旦那様』になってくれるのでしょう？」

メイドであれ、妻であれ。悪戯《いたずら》っぽく告げたところ、蒼《あお》い瞳をきょとんとさせた彼はすぐに破顔した。

ヴァルフェンは目尻から耳元まで染めて、参ったとばかりに笑っている。

大柄な騎士のこんな姿を可愛くてどうしようもないと思うのだから、私もかなりの重症だろう。

「本当に……敵《かな》わないな、魔女には」

幸せそうに微笑んで、銀と蒼《あお》の二色を持った愛しい騎士が、大樹のような腕で私を包んだ。

——ずっと、私は居場所を探していたのだろう。

そして、探し求めていた居場所はこの胸の中だったのだと、今ならわかる。

傷も、過去も包み込んでくれる温かい胸元に顔を埋《うず》めながら、私はそんなことを考えていた。

◇◆◇

「もう、そんなに経つのね」

真っ白な雲の隙間から注ぐ光に照らされた、美しい庭園を眺めて呟く。胸いっぱいに空気を吸い込み吐き出せば、実りの季節の華やかな香りが鼻腔《びこう》を通り抜けていった。

……そういえば、あの人と出会ったのもこんな季節だったわね。

吹き込んだ風に舞い上がる花弁に、懐かしい光景が浮かぶ。生涯忘れえぬ出会いをしたあの時に、全ては決まっていたのだと今ならわかる。

「本当、人生どうなるかわからないものね」

くすりと小さく笑ってから腕の中の存在に目を移すと、熟睡しているのかすやすやと静かな寝息を立てていた。

起こさないように注意しながら、生成《きな》りのレースがあしらわれた乳母車《うばぐるま》に我が子をそうっと乗せる。すると一瞬身じろいだものの、すぐまた眠りに落ちてくれたのでほっとした。

まあ、この子は滅多に泣かないから、あんまり心配はいらないのだけど。

赤子とはいえ、ずっと腕に抱いているにはそろそろ重い。特に最近は成長が著《いちじる》しく、日に日に体重が増えているのだ。

ぱっと見は普通の赤子と変わらないのに、骨格がしっかりしてるのはやはり父親に似たのかしらね。

彼と同じ透き通った蒼《あお》を隠す瞼《まぶた》を見つめながら思う。光輝く銀髪は、この子の方が少しだけ明るい色をしている。

――ヴァルフェンが旅立ってから、しばしの時が過ぎた。

私はあの日から今に至るまで、レグナガルドの屋敷で過ごし、嬉しくも多忙な日々を送っている。

突然現れた私を快《こころよ》く迎えてくれた屋敷の面々とは、今や毎日お茶を楽しむ間柄にまでなった。

類は友を呼ぶ、とは言うけれど、ヴァルフェンの場合は文字通りそうなのだろう。ヴァルフェンが私の事情について話した時、彼らは貴族の令嬢でもなく、普通の娘とも違う私を慮《おもんぱか》り、労《いた》わりでもって包んでくれた。それは、有り難いことに現在まで続いている。

「あら、もう起きたの？」

自由に使っていいと彼が言ってくれた屋敷の中庭、美しく整えられた花々の前で、乳母車《うばぐるま》から伸ばされた小さな手をそっと握る。

すると彼と同じ蒼《あお》い双眸《そうぼう》が、嬉しそうに細まり、笑い声が響いた。寝起きの割にご機嫌らしい。

「この場所、好きだものね」

小さな手に触れたまま話しかければ、ふくふくとした頬に風で舞い上がった花弁が一枚落ちて、なんだなんだと目を瞬《しばたた》かせる。その可愛らしさに笑みが零《こぼ》れた。

かつて彼に投げつけた薬草籠《かご》から飛び散ったのと同じものが、この庭にも咲いているのだから、人生とは本当に不思議なものだ。

いつか帰ってくる彼に話したら、凄《すご》く驚いて、それからこの子と同じ瞳で笑ってくれるのだろう。

もう長いこと会えていないのに、彼の笑顔だけは、今も鮮明に思い出せる。

息子のヴォルクを身ごもったとわかったのは、ヴァルフェンが旅路についた直後だった。それから手紙でやりとりを交わし、生まれて一月《ひとつき》が経った頃、彼からドルテアに流れていた壺の破壊が終わったとの知らせがあった。そして、一度屋敷に帰るという便りに歓喜で心を震わせたのが数日前だ。

シグリーズが用意した暁《あかつき》の炎の壺はあと一つ。イゼルマール国内にあるというものの情報は未《いま》だ掴めていないのが心残りではあるけれど、とりあえず一つの脅威《きょうい》が去ったことに、私は心の底から安堵していた。

ヴァルフェンに出会わなければ、きっと私は今も、あの村はずれの地で独り静かに暮らしていたのだろう。

だけど彼に出会い、外の世界を知った。全てはあの瞬間、彼が私の背後に立ったあの時から始まっていたのだ。

過去の風景を思い浮かべながら顔を上げると、ふっと大きな影が背後にかかり、動きを止めた。

待ちに待った気配に、きゅっと唇を噛みしめる。

「――あんたが、魔女エレニーか」

「……っ」

かつて聞いたのと同じ言葉。

涙腺《るいせん》が一気に崩壊し、とめどなく涙が溢れた。

数日前に便りを受け取ってから、彼が戻るのを今か今かと、彼にそっくりな我が子と共に待ちわびていた。人の命が関わっているためとはいえ、身ごもってから今に至るまで、顔が見えないことを寂しいと思わなかったわけがない。

想いが、爆発するように全身を駆け巡る。潤《うる》んだ視界のまま勢いよく振り向けば、そこには銀色の髪を輝かせた愛しい騎士が立っていた。

「……っお帰りなさい。私の、旦那様……！」

「ただいま、エレニー」

縋《すが》りつくみたいに抱き付くと、久方ぶりの大きな手が、ぎゅっと強く抱き締め返してくれる。

彼は離れた間に伸びた髪と同じ銀色の無精ひげを指先で撫《な》でてから、すぐ傍にある乳母車《うばぐるま》の中を覗き込んだ。すると、ヴォルクは初めて会う父親を見て、可愛らしい笑い声を上げた。

それに、彼と揃って微笑む。

――かつて、魔女を討伐せんと訪れた騎士に攫《さら》われ、守られ、愛された私は、今日も無上の喜びの中、愛しき日々を紡《つむ》いでいく。

勘違い妻は騎士隊長に愛される。
原作 更紗 Sarasa
漫画 朝丘サキ Saki Asaoka
猫かぶり令嬢と不器用騎士の
絶妙なすれ違いラブ！
2018年9月13日連載開始！
綺麗な蒼い瞳…
政略結婚なのだから
淑女らしく上品に…
プイ
そ
そっぽ
向かれた…!!
ガーン
ラブファンタジー、待望のコミカライズ！
ALPHAPOLIS WEBMANGA
アルファポリス WEB 漫画！
他にも面白いコミック、小説など
Webコンテンツが盛り沢山！
無料で読み放題！
今すぐアクセス！
アルファポリス WEB 漫画
検索

シリーズ累計
30万部!!!!
RC Regina COMICS
原作＝牧原のどか
漫画＝狩野アユミ
Presented by Nodoka Makihara
Comic by Ayumi Kanou
1〜3
ダィテス領攻防記
Offense and Defense in Daites
大好評発売中!!
異色の転生ファンタジー
待望のコミカライズ!!
「ダィテス領」公爵令嬢ミリアーナ。彼女は前世の現代日本で腐女子人生を謳歌していた。だけど、この世界の暮らしはかなり不便。そのうえ、BL本もないなんて！　快適な生活と萌えを求め、領地の文明を大改革！　そこへ婿として、廃嫡された「元王太子」マティサがやって来て……!?
Webにて好評連載中!
アルファポリス 漫画
検索
B6判
各定価:本体680円+税

アルファポリスWebサイトにて
好評連載中！
Regina COMICS
原作 ふじま美耶 MIYA FUJIMA
漫画 村上ゆいち YUICHI MURAKAMI
異世界で『黒の癒し手』って呼ばれています 1〜5
好評発売中！
異色のファンタジー
待望のコミカライズ！
ある日突然、異世界トリップしてしまった神崎《かんざき》美《み》鈴《すず》、22歳。着いた先は、王子や騎士、魔獣までいるファンタジー世界。ステイタス画面は見えるし、魔法も使えるしで、なんだかRPGっぽい!?　オタクとして培《つちか》ったゲームの知識を駆使して、魔法世界にちゃっかり順応したら、いつの間にか「黒の癒し手」って呼ばれるようになっちゃって…!?
シリーズ累計36万部突破！
＊B6判　＊各定価：本体680円＋税
原作 ふじま美耶　漫画 村上ゆいち
異世界で「黒の癒し手」って呼ばれています 5
魔法世界から日本に帰るため
ついに魔王と対面!!
シリーズ累計36万部突破！
異色のファンタジーコミカライズ！
アルファポリス
アルファポリス 漫画　検索

［原作］Maki Yukinaga 雪永真希 ［漫画］Rika Fujiwara 不三原理夏

側妃志願！1~2

SOKUHISHIGAN

待望のコミカライズ！

清掃アルバイト中に突然、異世界トリップしてしまった合田清香《あいだきよか》。親切な人に拾われ生活を始めるも、この世界では庶民の家におふろがなかった！　人一倍きれい好きな清香にとっては死活問題。そんな時、国王の「側妃」を募集中と知った彼女は、王宮でなら毎日おふろに入れる…？　と考え、さっそく立候補！　しかし、王宮にいたのは鉄仮面を被った恐ろしげな王様で──!?

＊B6判　＊各定価：本体680円＋税

アルファポリス 漫画　検索

更紗（さらさ）
徳島県在住。2012 年より Web にて小説を発表。2017 年「勘違い妻は騎士隊長に愛される。」で出版デビューに至る。インテリア雑誌を買い漁るのが趣味。しかし活用された事は無い。

イラスト：soutome

勘違《かんちが》い魔女《まじょ》は討伐騎士《とうばつきし》に愛《あい》される。

更紗（さらさ）

2018年 9月 5日初版発行

編集－反田理美・羽藤瞳
編集長－塙綾子
発行者－梶本雄介
発行所－株式会社アルファポリス
〒150-6005 東京都渋谷区恵比寿4-20-3 恵比寿ｶﾞｰﾃﾞﾝﾌﾟﾚｲｽﾀﾜｰ5F
TEL 03-6277-1601（営業） 03-6277-1602（編集）
URL http://www.alphapolis.co.jp/
発売元－株式会社星雲社
〒112-0005東京都文京区水道1-3-30
TEL 03-3868-3275
装丁・本文イラスト－soutome
装丁デザイン－ansyyqdesign
印刷－図書印刷株式会社

価格はカバーに表示されてあります。
落丁乱丁の場合はアルファポリスまでご連絡ください。
送料は小社負担でお取り替えします。

ISBN978-4-434-25033-0 C0093